最後の晩ごはん

初恋と鮭の包み焼き

椹野道流

角川文庫
22556

登場人物

イラスト／くにみつ

五十嵐《いがらし》海里《かいり》

元イケメン俳優。
現在は看板店員として
料理修業中。

夏神《なつがみ》留二《りゅうじ》

定食屋「ばんめし屋」店
長。ワイルドな風貌。料
理の腕は一流。

ロイド

眼鏡の付喪神。海里を
主と慕う。人間に変身
することができる。

最後の晩ごはん　初恋と鮭の包み焼き

五十嵐《いがらし》一憲《かずのり》

海里の兄。公認会計士。真っ直ぐで不器用な性格。

五十嵐《いがらし》奈津《なつ》

獣医師。一憲と結婚し、海里の義理の姉に。明るく芯の強い女性。

淡海《おうみ》五朗《ごろう》

小説家。「ばんめし屋」の馴染み客だが、今は東京と芦屋を行ったり来たり。

最後の晩ごはん　初恋と鮭の包み焼き

倉持《くらもち》悠子《ゆうこ》

女優。かつて子供向け番組の「歌のお姉さん」として有名だった。

砂山《さやま》悟《さとる》

カフェ兼バー「シェ・ストラトス」オーナー。元テレビ局のプロデューサー。

プロローグ

カタカタ……。カタ、カタカタカタカタカタ。

黒いキーボードの上で、十本の指がアクロバティックに動く。

舞う、と形容しても褒めすぎではないくらい、軽やかでリズミカルな動きだ。

その動きと同調して、淡海《おうみ》五朗《ごろう》の目の前にあるパソコンの画面に、文字が次々と表示されていく。

誰かの動き、誰かの息づかい、誰かの想いが、言葉として平べったい画面に貼り付けられていく不思議を、作家になって何年経っても感じずにはいられない。

「それにしてもお喋《しゃべ》りだな、僕の指は」

パソコン画面から手元に視線を落とし、淡海は細い目をなお細くして微笑んだ。

キーボードを操作するときの指遣い、いわゆる運指には標準パターンがあるのだろうが、淡海はそれを学んだことがない。

おねだりなどするタイプではなかった彼が、意を決して親に頼み込み、パソコンを

買ってもらったのは、中学生の頃だっただろうか。

勉強に使うと約束してようやく手に入れた安価なデスクトップパソコンを見よう見まねで使ううち、何となくキーの配列を覚え、勉強やゲーム、友人とのメールやチャットでのやり取りに加え、ささやかに物語を綴《つづ》ることも始めた。

三十路《みそじ》を過ぎて作家デビューする頃には、指遣いこそ自己流極まりないが、手元をほぼ見ないで文字を打ち込むことができるようになっていたものだ。

それにしても、だ。

さっき彼自身が思わず呟《つぶや》いたように、淡海がキーを叩《たた》く音は、いささかやかましい。今のように、深夜、テレビもつけず音楽ソフトも立ち上げていないときには余計に、自分が立てる物音ばかりがガランとした書斎に響く。

三秒ほどで「と、彼女は言った」と入力して、淡海はまた静かに笑った。

彼の骨張った、指が長い両の手は、キーボードを叩くというよりは、ピアノを弾くときのポジションを保っている。

よくピアノ教師が幼い生徒に教えるときに使う言葉、「手のひらに卵を包むよう」な、柔らかい球体をそっと握り込むときの形だ。

キーボードを打つなら手首はデスクにつけておいていいはずなのだが、幼い頃からピアノ教室に通っていた彼には、どうしてもそうすることができない。自然に、手の

甲と同じ高さを保ってしまう。

同様に、キーに指の腹側で触れることもできない。

ピアノの鍵盤《けんばん》を、指先だけで、しかも爪を鳴らさないように叩くようかなり厳しく指導されたせいだ。小指の打鍵力も、ピアノ演奏で徹底的に鍛えられてしまった。

レッスンは中学に入って早々にやめてしまったので、もはや人生でピアノに触れていない年月のほうが遥《はる》かに長いのに、子供時代の刷り込みとはげに恐ろしいものだ。

(おかげで、移動中の執筆が不可能なんだよねえ)

マグカップに手を伸ばし、とうに冷えきってしまったミルクティーを一口飲んで、淡海は小さな溜《た》め息《いき》をついた。

作家としてテレビに出演する機会が多い昨今、新大阪《しんおおさか》と東京を新幹線で往復する回数がめっきり増えた。

そんなとき、グリーン車の座席で車窓から流れる景色を眺めつつ、テーブルに置いたノートパソコンで優雅に執筆するというのが淡海の密《ひそ》かな憧《あこが》れだったのだが、最初にそれを試みたとき、ほどなく車掌が申し訳なさそうにやってきて、「恐れ入りますが、キーを叩く音を少し抑えていただけると助かります」と囁《ささや》いた。

おそらく、近くに座っている乗客から苦情が出たのだろう。
淡海はただちに「先方にたいへん申し訳なかったとお伝えください」と車掌に頼み、

ノートパソコンの電源を落とした。

車掌に苦情を言った乗客の気持ちはよくわかる。

快適な時間を求めてわざわざ差額を払い、グリーン車に乗ったのに、ずっと近くでカタカタと耳障りな音がしたら不愉快になるのも無理はない。

かといって、淡海のほうも音を立てないようそろりそろりと入力し続けるのはつらいので、執筆そのものを諦《あきら》めざるを得なかった。

以来、新幹線での移動時間は、もっぱら睡眠と読書にあてている。それはそれで悪くないものだが、「富士山《ふじさん》を横目に小説を書く」という夢を叶《かな》えられなかったことだけは、今も少し残念に思う淡海である。

「今夜は、少し音がほしい感じかな」

ミルクティーをごくごくと飲み干し、淡海はリモコンを取ってテレビをつけた。

時刻は、午前一時過ぎ。

どのチャンネルに切り替えても、いわゆる深夜番組ばかりだ。

お笑い芸人やアイドルのゆるいトーク、若干暴力性の高いアニメーション、あるいは古い映画……そうしたものがどれもピンとこなくて、淡海は結局、他愛《たわい》ないテレビショッピング番組を流しておくことにした。

異常なまでのハイテンションで、素敵なヘアアレンジのためのアイテムや、汚れが

とにかく落ちる掃除グッズ、あるいはキッチンでお役立ちらしいガジェットを絶賛する外国人たち。吹き替えのおかげで、大袈裟《おおげさ》な台詞《せりふ》はすべて日本語だ。

「これから三十分、窓口を増やして対応致します。売り切れたらそこで終わりの大特価！　今、夜ふかし中の皆様にだけ特別ご奉仕価格でお試しいただけます！」

　そんなお決まりの宣伝文句を聞きながら、再び一言、二言、と入力しただけで、淡海の手はスッと動きを止めた。

（今、夜ふかし中の皆様にだけ……か。「一期一会」の精神だな。おそらく、毎回そう言って客の購買意欲を煽《あお》っているんだろうけど）

　淡海は「一期一会」と小さく声に出してみた。

　一期一会。

　その言葉は、淡海に育ての父のことを思い出させた。

　戸籍上は実父ということになっているが、淡海と父親との間に生物学上の親子関係はない。実際は、養父である。

　淡海の本当の父親は、元大物政治家だ。政界を引退した今も、現政権に大きな影響を与え続けているらしい。

　今でこそ、テレビや新聞で実父の姿を見かけても、「顔の造作が、やはりけっこう似ているなあ」などといささか呑気《のんき》かつ客観的に眺めることができるが、その事実を

知ってすぐの頃は、戸惑いと嫌悪感で、とても直視できなかったものだ。

自身の円満な家庭に影を落とさないよう、政治家としてのクリーンなイメージを損なわないよう、淡海の実父は、婚外子として生まれた我が子を認知せず、代わりに、淡海の母親を自分の秘書である男性と結婚させた。

淡海の母親にとっては自分と赤ん坊が安穏に暮らせる環境を、秘書にとっては確実な出世の道を約束するその結婚は、当初こそ偽りの関係だったかもしれない。

しかし、二人は共に暮らすうちに確かな絆《きずな》を育《はぐく》み、今はごくありふれた、それなりに睦《むつ》まじい夫婦である。

とはいえ、上司の子である淡海に対して、一歩退いた態度を取り続けた養父との思い出は、残念ながらそう多くない。

（お父さんは、僕と話す機会を避けていた。権力の塊みたいな上司の息子なんて、厄介にも程があっただろう。腫《は》れ物《もの》に触るような態度を取られても、責められないよね）

自分も大人になり、それなりに人生経験を積んだおかげで、当時の父親の気持ちを、淡海は少し理解できるようになった。

（それでも、あのときは……）

大学時代、就職について思い悩む淡海を見かねて、養父は躊躇《ためら》いがちに、まるで独

り言のような調子で声をかけてくれた。

「一期一会。人でも、物でも、学問でも、芸術でも、仕事でも、互いに正しいタイミングで出会わなくては、縁は生まれないものだよ。自分の意思で進路を決めるのもいいが、他人の敷いたレールに乗ることで、思わぬいい縁が生まれるかもしれない。意地やプライドとは違う次元で、よく考えることだね」

　それは、淡海に対するシンプルなアドバイスの体であったが、あるいは、彼自身に言い聞かせる言葉だったのかもしれない。

　出世のために打算で結婚した女性を人生のパートナーとして愛せるようになった、そういう「一期一会」もあるのだと、さりげなく淡海に伝えたかったのかもしれない。

　淡海に対しては、彼が家を出るまで、父としてのあからさまな愛情を示すことはなかった養父だが、それでも実直に働き続け、後に生まれた実の娘、つまり淡海にとっては父親の異なる妹と、何ら分け隔てなく養い育ててくれた。

　そのことに、淡海は今になって深い感謝の念を抱きつつある。

（お父さんに、育ててくれてありがとう、なんて一度も言ったことがなかったな）

　苦い後悔の念を嚙《か》みしめて、淡海はもう一つ、今度は深く嘆息する。

『言えばいいじゃん！　パパもママも生きてるんだから、行って伝えなよ』

　そんな明るい声が聞こえた気がして、淡海はガバッと身体ごと振り返る。

だがそこに、期待した人物の姿はない。

「いつだってそうだ」

淡海は、椅子の背もたれに片腕を載せ、その上に額を押し当てた。

「いつだって僕は、失ってから、やらかしたことに気付くんだ。気付いたところで、もう遅いのに」

苦い呟《つぶや》きに応《こた》える者はなく、長身痩軀《そうく》の作家は奇妙な姿勢のまま、しばらく動こうとはしなかった……。

一章　経験と芸の肥やし

十月。今年も過酷だった夏がようやく去り、台風の訪れもそろそろ途絶えたようで、兵庫県芦屋《あしや》市にある小さな定食屋「ばんめし屋」には、芸術の秋、読書の秋、スポーツの秋……はともかく、食欲の秋が本格的に訪れていた。

営業日時は平日の日没から夜明けまで、メニューは日替わり定食一種類のみという風変わりな店だけに、客が外まで溢《あふ》れるというようなことは滅多にないが、それでも今月に入ってからは、猛暑で遠のいた客足が徐々に戻りつつある。

特に午後八時から九時頃、ちょっと遅めの夕食を求める人々が多い時間帯には、満席が続くことが多くなった。

毎年真夏になると、「こない情けない有様やったら、そのうち店閉めんとあかんなあ」と電卓を叩《たた》きながら顰《しか》めっ面《つら》をする店主の夏神留二《なつがみりゅうじ》のご機嫌も、最近はすこぶる良好である。

「ロンTでちょうど気持ちいいくらいになってきたなあ」

店の前の掃除を終えて戻ってきた五十嵐《いがらし》海里《かいり》は、そんなことを言いながら店内を真っ直ぐ通り抜け、突き当たりにある勝手口にほうきとちりとりを片付けた。そして、壁面のフックに掛かっていたエプロンを取ると、慣れた仕草で身につけた。

かつては、今で言うところの二・五次元出身俳優であり、「ディッシー！」という決め台詞《ぜりふ》で人気を集めた、情報番組内のお料理コーナー担当タレントでもあった彼だが、今は、一から地道に演技の基礎を学びつつ、この「ばんめし屋」の住み込み店員として日々を過ごしている。

「朝夕は少し冷え込むようになりましたが、日中はずいぶんと過ごしやすくてよろしゅうございますねえ」

カウンターの中からそんなエレガントなコメントを発したのは、外見は完璧《かんぺき》な初老の英国紳士、その正体は齢《よわい》百を超える眼鏡であるロイドだ。

元の持ち主に大切にされて魂を宿した彼だが、主《あるじ》の死後、無情にもゴミとして投げ捨てられていたところを偶然通り掛かった海里に救われた。以来、海里を新たな主人と勝手に定め、夏神や海里と共に、定食屋の二階で暮らしている。

ロイドと命名したのも、実は海里だ。理由は言うまでもなく、眼鏡の材質がセルロイドだからである。

好奇心いっぱいのロイドは、ほどなく「ばんめし屋」の仕事を手伝うようになり、

今や、なくてはならない店の人気者だ。

ただし、眼鏡の本体であるセルロイドが熱に弱いため、厨房《ちゅうぼう》にいるときも火の傍には決して近寄れず、調理の大部分に関わることができないのが唯一の不満であるらしい。

「ホントだな。お客さんも、散歩がてらうちに来やすくなって、よかったよ」

相づちを打ちながら厨房に入り、両手を綺麗《きれい》に洗った海里は、ふと、カウンターの内側に立てかけてある小振りなホワイトボードに目をやった。

それは、その日の「日替わり定食」のメニューを書き付け、店の外に掲示しておくためのものだ。

以前は、それが唯一の情報源だったが、最近では、「ばんめし屋」のSNSアカウントを作った海里が、「日替わり定食」のメニュー紹介を、開店・閉店、品切れ等の情報と共に告知するようになったので、ネットを使いこなす客たちからは重宝がられている。

「これ、もう決定？　よかったらネットに上げちゃうけど」

海里がスマートフォンを取り出して訊《たず》ねると、米を研いでざるに上げながら、夏神は頷《うなず》いた。

「おう。頼むわ」

「オッケー。本日の日替わり、主菜は豚ロース肉のはちみつ焼き。あ、俺の好きな奴だ！」

海里は、液晶画面に文字を打ち込みながら、嬉《うれ》しそうな声を上げた。

生姜《しょうが》焼き用に薄めにスライスした豚ロース肉を、塩胡椒《しおこしょう》した後、はちみつをまぶしてしばらく冷蔵庫で寝かせておく。

それをソテーして大根おろしと醤油《しょうゆ》を添えて出すのだが、はちみつの作用で肉が驚くほど柔らかくなるし、はちみつの甘さが不思議なくらい豚肉にはよく合うのだ。

普段は、食材が余ることはまったく嬉しくないが、この料理のときは、三人とも密《ひそ》かに「少し残ってほしい」と念じているほど旨《うま》い。

だが旨いだけに、客の評判がよく、なかなか残らない。

そんな複雑な感情を抱きつつも、それだけに客にも自信を持って「旨いですよ！」と請け合えるのが、海里にとっては嬉しいことでもある。

「あと、副菜は……タマネギと若布《わかめ》のみそ汁。定番だね。小鉢は、納豆または冷や奴、ふむふむ。それから……ん？」

「うん？　どないした？」

水を切った洗い米をビニール袋に入れて冷蔵庫にしまってから、夏神は訝《いぶか》しそうに海里を見た。

海里は、ホワイトボードを指さし、小首を傾げる。

「夏神さん、今日の副菜の『大根と薄揚げの鳴門《なると》巻き』って、初めて聞く料理だね。これも、昔のレシピ？」

不思議そうに首を傾げる海里に、夏神はさも当然といった様子で頷いた。

「せや。昭和四年のレシピやで」

「マジで！　ひときわ古いな」

海里は目を見張った。

戦前戦後の家庭料理に興味を持って古書を集め始めた夏神は、その中から色々なレシピを実際に試し、食材や味付けを現代に合うようにアレンジして、地元の新聞で週に一度、「昔の味を、今日の食卓に」というコラムを連載している。

そのコラムが、高齢者には懐かしく、若い世代にはかえって目新しく映るようでなかなかの評判になり、コラムの筆者が営む定食屋ということで、「ばんめし屋」を訪れる人も少しずつ増えつつある。

そうした人々の期待に応える意味もあって、夏神は「ばんめし屋」の日替わり定食にも、昔のレシピをもとにした料理をときどき登場させるようになった。

「昭和四年かあ。俺の知ってる人、誰もまだ生まれてねえな」

そんな海里の発言に、ロイドがすぐさま憤慨した様子で異議を唱える。

「何を仰せですか。昭和四年といえば西暦一九二九年。まだ幼い眼鏡であったとはいえ、わたしは既にこの世に生み出されておりましたよ！」

そう言って毛糸のベストの胸を叩いてみせる英国紳士、もとい英国製眼鏡の姿に、夏神と海里は無言で顔を見合わせ、同時に噴き出す。

「そやな、お前はおったたな、ロイド」

「そうだった。つか、納得しかかったけど、お前は人じゃないだろ」

「確かに人ではございませんが、こうして人の姿になることができるようになりましたからには、人のようなもの、と思っていただいてもよろしいのでは？」

澄ました顔で言い返すロイドに、夏神と海里は苦笑いで顔を見合わせる。

「まあ、そやな。お客さんはみんな、ロイドのことを人間やと思うて親しんでくれてはんのやし、俺らももう、ロイドを『物』やと思うことはあれへんもんな」

夏神のしみじみした言葉に、ロイドは相好を崩して何度も頷く。海里もそこは心から同意して、感慨深そうに目の前の英国紳士を見やった。

「それにしたって、百年近く前は『まだ幼い眼鏡』って、斬新な表現だよなあ。そっか、このレシピが生み出されたとき、ロイドはもうこの世にいたのか。そう思うと、すげえな！」

「そうでございましょう。海里様のしもべとはいえ、もっと積極的に年長者として敬

い、格別に労《いたわ》ってくださってよろしいのですよ。ああいえ、のけ者にされるのは嫌ですし、お店でのお務めはまことに楽しゅうございますがね」

本当にご隠居扱いされてはたまらないと思い直したのだろう、後半をちょっと慌てた様子で付け加えてから、ロイドはいつもの柔和な表情で夏神に訊ねた。

「それで、どのようなお料理なのでございますか、その『大根と薄揚げの鳴門巻き』というのは。大根も薄揚げもお馴染《なじ》みの食材ではございますが……」

「二人とも、鳴門巻きは知っとるやろ？」

さも常識を語るような夏神の問いかけに、海里は自信満々で答える。

「知ってる！　ナルトってあれでしょ？　超クラシックな昭和のラーメンに入ってる、白地にピンクのぐるぐる模様が入った練り物」

そらきたとばかりに、夏神は大袈裟《おおげさ》な呆《あき》れ顔《がお》を作ってみせる。

「浅い浅い。お前の知識は相変わらず浅いなあ」

海里もまた、わかりやすく不服そうに口を尖《とが》らせた。

「何だよ。ナルトっつったら、百人が百人、思い浮かべるのはそれじゃね？」

「それだけやない。他にも、切り口が渦巻き模様になる食いもんには、鳴門っちゅう名前がつくねん。ほれ、鳴門の渦潮の鳴門や」

傍らでニコニコしながら二人のやりとりを聞いていたロイドが、ポンと手を打った。

「ああ、なるほど！　テレビで拝見したことがございます。恐ろしいほど大きな渦が、海面にいくつも現れては消える、あれでございますね」

「あ、それは俺も知ってる。そっか、鳴門の渦潮リスペクトかあ」

「リスペクトかどうかは知らんけど、そこ由来や」

　海里は指先でくるくると渦巻き模様を宙に描いてから、ホワイトボードをビシッと指した。

「で、今日のこの副菜はどう渦巻いちゃうわけ？」

　夏神は楽しげに手を洗い、シンクに置いてあった太い大根をむんずと摑《つか》んだ。下半分はスパンと切り落とされているが、それは今、ロイドが作っている大根おろしに利用されているのだろう。

「今日は、主菜が仕込みも調理もあんまし手ぇかからんやろ。そういうときに、手の込んだ副菜を作ろうと思うてな。でないと、腕が鈍ってまう」

「ほうほう。手の込んだってことは、夏神さんの腕がひときわ冴《さ》え渡っちゃうやつだな。んで？　どうやって作るの？」

「見とるだけでは退屈やろ。ちっと手伝えや」

「勿論《もちろん》。日替わり情報、もうアップしちゃうからすぐ手伝えるよ。何すりゃいいの？」

「ほな、まずは深いフライパンにたっぷり湯を沸かしてくれ。サイズは中くらいの奴でええから」

「はいよっ」

スマートフォンをカウンターの上にポンと置いた海里は、几帳面《きちょうめん》に再び手を洗い、すぐさま言われたとおりにした。

ゆったりした手つきで大根をおろし続けているロイドは、少し離れた場所から、二人の様子をチラチラと見ている。

「ほい点火！　次は？」

「あぶらげを、四辺ちょっとだけ切り落としてな、麺棒《めんぼう》をごろごろっと二、三回転がしてから、二枚に剝《は》いでくれ。今は試しに作るだけやから、一枚でええわ」

「ああ、前に、油揚げの中にポケット作って、刻み葱《ねぎ》詰めて焼いたときにやった、アレだね。今回は、四辺切っちゃって、完全に剝がすの？」

「そやそや。別々に使うからな」

「オッケー」

まだ、料理の知識も技術も夏神には遠く及ばない海里だが、それでも自分なりに勉強し、店の手伝いに加えてまかないで練習もしているので、少しは戦力になってきた、と自負している。

夏神の指示に従って、大きめの油揚げの四辺をごく細く切り落としながら、彼は「あ」と小さな声を上げた。

「そうだ、この切り落としたやつ、あとでみそ汁に入れちゃってもいい？　量は少しでも、いい味が出るんじゃないかな。油も含んでることだし」

「お、お前も考えるようになったやないか。無駄を出さんのはええこっちゃ」

「ふふん、今どきは、『サステイナブル』が世界の合言葉だからね！」

「……それなあ。なんで横文字でいちいち言わな気ぃ済まんのやろな。『持続可能』て、普通に言うたらええやないか」

いかにも嫌そうな顰《しか》めっ面《つら》を作ってそうぼやきつつ、夏神は大根を油揚げの短いほうの幅に合わせて切ってからやや厚めに皮を剝《む》き、「これもサステナ何とかで、あとで塩もみして、ゆずと合わせてまかないの箸休《はしやす》めにな」と言った。

そして、何の気負いもなく、くるくると鮮やかな手つきでかつら剝きを始める。

これには、海里がストレートに歓声を上げ、ロイドも思わず作業を止めて飛んできた。

「うわ！　すっげー！　それって、テレビで名料理人的な人たちが、めちゃくちゃこれ見よがしにやってみせてるかつら剝きじゃん！」

「そらどうか知らんけど、かつら剝きやで」

「見事なお手並みでいらっしゃいます！　まるで大根が巻紙のように」

「ホントだ。手紙が書けそう。よくそんな一定に、透けるほどの薄さでずーっと切り続けられるもんだなあ」

盛大に拍手し、褒めそやす二人に、夏神は照れ臭そうにいかつい顔をほころばせた。

「アホか。料理人やったらできて当たり前やろ」

「そりゃそうかもだけど、夏神さん、修業したのは洋食の店だろ？　かつら剝きなんて、やらなかったんじゃないの？」

海里のもっともな疑問に、夏神はあっさり答えた。

「やらんと思うやろ？　ところが師匠はやっとった」

「マジで！」

「ロールキャベツはキャベツをとろけるほど軟《やら》こうなるまで煮るんやけど、それでも筋が厳しいっちゅう年配のお客さんがいてはってな。食えんことはないけど、人前で綺麗《きれい》に食われへんのがつらいて言うて、注文を躊躇《ためら》ってはったんや」

「あー、わかる。かみ切れないやつ、口からにゅーって出すとか嫌だよな。家ならいいけどさ」

「そやろ？　そういうお客さんのために、師匠はロール大根を編み出しはったんや。ロールキャベツの具を、かつら剝きした大根を茹《ゆ》でた奴でくるくるっと包んでコンソ

メで煮て出してはった。仕上げに、茹でた三つ葉を帯紐《おびひも》みたいに巻いてな。味見さしてもろたけど、えっらい旨《うま》かったで」

料理の完成形を想像した海里は、羨《うらや》ましそうな顔つきをした。

「聞くだに旨そう！　ちょっとだけ、洋風おでんの趣だよね」

「ああ、上手《うま》いこと言いよる。そんな感じや。まあ、そうでなくても、洋食屋やからかつら剝きはやらんでもええっちゅうもんではあらへんやろ。料理でもなんでも、専門外やっちゅうて手を出さんのは、勿体《もったい》ない違《ちゃ》うやろか」

夏神は、休まず手を動かしながら、ぽつりとそんなことを言った。

ロイドはゆったりした手つきで大根をやわらかくおろしながら、いかにもといった調子で相づちを打つ。

「それはそうでございましょう。知識も技も、たくさん持っていて損をすることはありますまい」

「せやな。世の中には器用貧乏っちゅう言葉もあるけど、凡人は、抽斗《ひきだし》が多いほうがええ。何が将来、役に立つかわからんからな」

通じ合う二人をよそに、海里は意外そうに小首を傾げた。

「そうかもだけど、やっぱ俺は、狭く深くタイプの人に憧《あこが》れるけどなあ。こう、何かの分野においては世界的な第一人者だけど、他のことはてんで駄目、みたいな人、な

んかすげえかっこいいじゃん？　スキル極振りって感じで！」

　そんな海里の主張に、ロイドは本物のイギリス人さながらに肩を竦《すく》めてみせた。

「おやおや、我が主《あるじ》は、マンガかドラマの見過ぎでいらっしゃるのでは？　確かに創作の世界ではそのような方はたいへんに魅力的ではありますが……」

「何だよ、リアルワールドでもかっこいいだろ？　板の上では最高の芝居をするけど、私生活はグダグダの役者ってかっこいいと思うんだけどなあ」

「何を仰せですか。さような方が生き延びるには、実際は人一倍世話を焼き、支えてくれる方々が必須《ひっす》なのですよ。裏方の人生の時間を消費した上で、その手の方は輝きを放てるのです」

　珍しく辛辣《しんらつ》なロイドのコメントに、海里はうっと言葉に詰まる。

「イガの憧れもわかるけど、ロイドの言い分はもっともやな。本人がしっかり地に足着けて生きとって、その上で何ぞ誇れる腕を持っとるんが、俺はいちばんかっこええと思うで」

　夏神にまでそんな分別臭いことを言われて、海里は駄々っ子のような顔で地団駄を踏んだ。

「くー、もう、夢のない二人に挟まれたら、俺がバカみたいじゃん！　いや、俺だって、別にそういう一点集中型を目指してるわけじゃないけどさ。憧れるくらい、自由

だろ！」

「まあな。そやけど、お前はどっちか言うたら、器用貧乏のほうが向いとる気ぃすんで」

そんなフォローとも何ともつかない言葉で強引に話をまとめ、夏神はかつら剝きにしたヒラヒラの大根をフライパンの熱湯でさっと茹で、冷水に取った。

そのひと手間で、大根は本当に巻紙のようにしなやかになる。

「器用貧乏かあ。それもまあ、言ってみたい台詞《せりふ》ではあるよね。よっし、薄揚げ、見事に分離成功でーす！」

どうやら、器用貧乏にもちょっとした憧れを抱いているらしい。海里はまんざらでもない様子で、二枚に剝いだ油揚げをまな板に置いた。

「おう、ありがとうな」

夏神は、水気をガーゼの布巾《ふきん》で拭《ふ》き取った大根の薄いシートを、油揚げの長辺より少し長めに切り揃え、脇に置いた。

「ロイド、悪いけど冷蔵庫に豚ミンチをちっこいパックでいくつか買《こ》うとるから、ひとつだけ出してくれ」

「かしこまりました！」

ロイドは冷蔵庫まで走っていって、目的の品を見つけ出し、また小走りで戻ってく

る。まるで、主人にボールを投げてもらった忠犬のような機敏な動きだ。

「どうぞ」

「おう、サンキュ」

夏神はパックを受け取ると、剝《は》がした油揚げの一枚を、表面が下になるようにまな板に置いた。

その上に、パックからごく少量取り出した豚挽《ひ》き肉《にく》を、指を使って薄く平らに広げていく。

海里は、興味津々で夏神の手元を覗《のぞ》き込んだ。

「挽き肉、味付けも混ぜものもなんもなし？」

「なんもなくはない」

素っ気ないほどシンプルに答えて、夏神は挽き肉の上から、ごく薄く胡椒《こしょう》を振りかけた。

それから、さっき切り揃えた大根の「シート」を一枚、まな板の空いた場所に広げ、その上に、豚挽き肉つきの油揚げをそのまま滑らせるようにして載せた。

「ふーん、下から、大根、油揚げ、挽き肉。三層構造か。なるほど、これが渦巻き模様になるわけだね」

「せや」

夏神のごつい手は、趣味にしているボルダリングのときは、クライミングホールドを力強く摑《つか》む。だが、料理のときは打って変わって、驚くほど繊細な仕事をする。

今も、三層になった食材を小口からちまちまと丁寧に巻き上げ、ロイドの言う「巻紙」状態になったところで、均等な間隔で三箇所、戻しておいた干瓢《かんぴょう》でしっかりと縛った。

「これを、元のレシピは相当甘辛に煮付けるねんけど、常温で何日も保《も》たせるわけやないから、うちでは薄味で煮含めて出す」

「ああ、滅茶苦茶《めちゃくちゃ》旨そうな『鳴門《なると》』になるやつじゃん。確かにこれは、手が空いてるときじゃないと作れないね。定食屋の副食っていうより、小料理屋の一品じゃん」

「まあ、これは俺の道楽みたいなもんやからな」

「新聞を見て来てくれたお客さんも、きっと喜ぶよ」

「そやったらええねんけどな。元レシピではこれ一本で一人分やけど、それやと主菜の分量やから、一本を三人で分けてもろて、あと、海老《えび》芋の小さい孫芋をようけぇ仕入れとるから、一緒に煮付けて出そうと思うとる」

「最高じゃね。そうだ、作るとこ見たから、ＳＮＳに追加情報を上げよう。ちょっと煮る前の写真撮らせて」

スマートフォンでまな板の上の鳴門巻きの写真を撮った海里は、いそいそと何やら

手を動かし始める。

「よっし。この巻いた絨毯《じゅうたん》みたいな奴を調理したらどうなるか、お楽しみに……と」

海里の指の動きの素早さを感心しきりで見ていた夏神は、ふと壁の時計に視線を移し、「おい」と海里に声を掛けた。

「ＳＮＳをあんじょう使《つこ》うてくれるんはありがたいけど、時間、ええんか？」

「えっ？　うわっ」

自分のスマートフォンで今の時刻を確かめるなり、海里は慌てて送信ボタンを押し、エプロンを外した。

「やばっ、思ったより時間経ってた。もう二時になっちゃうじゃん。悪い、夏神さん、ロイド。俺、行くわ」

そう言う時間も惜しいらしく、彼の両足は既にカウンターの外に出ようとしている。

「大丈夫でございますよ。あとは泥船に乗ったおつもりで、このロイドにお任せあれ」

「急がなあかんときも、車にはよう気ぃつけや。先生によろしゅうな」

ロイドと夏神の言葉を聞きながら、客席に置いてあったバッグを斜めがけにした海里は、「できるだけ早く帰るから！」といつもの言葉を残し、店を飛び出した。

そのままの勢いで、芦屋川沿いの道を、このあたりの住民流に言えば山側、つまり北に向かって駆けていく。

店のすぐ近くにあるカトリック芦屋教会の美しい尖塔《せんとう》も、川沿いの趣ある松並木も、今は眺めている余裕などない。

国道二号線を越え、芦屋市民センターの前を過ぎ、部分的にツタに覆われた壁面が印象的なルナ・ホールの前を過ぎても走り続け、向かう先は、海里が去年から朗読の師と仰ぐ、倉持悠子《くらもちゆうこ》の自宅である。

毎週水曜日の夜、悠子は、もう少し北上すると川向こうに見えてくるカフェ兼バー「シェ・ストラトス」で朗読イベントをする。

彼女の弟子となった海里は、その際にアシスタントとして店に赴き、悠子のサポートのかたわら、店の手伝いもしている。マスターの砂山悟《さやまさとる》とは、すっかり気心が知れた仲だ。

無論、そうして忙しく働いている間にも、ステージで悠子が朗読する声は聞こえるし、十分に勉強になる。だが、それだけが弟子入りの目的ではない。

今の海里の目標は、「シェ・ストラトス」のステージで、悠子と共に再びプロの役者として朗読を披露することだ。

そのための指導を、悠子は快く引き受けてくれた。

今日のように、彼女がまとまった時間が取れる日、海里は彼女が夫と暮らす自宅を訪れ、レッスンを受けることになっている。

「くっそ、これ、ダッシュでも絶対、間に合わねえな」

ＪＲの高架を過ぎたところで時刻を確認した海里は、息を乱しながら焦った呟《つぶや》きを漏らした。そして、偶然通り掛かったタクシーに、半ば反射的に手を挙げて合図を送ったのだった。


「あら、今日は涼しいのにそんなに汗みずくで、どうしたの？」

玄関扉を開けてくれた倉持悠子は、海里の姿をひと目見るなり目を見張った。

ステージに立つ日はいわゆる「映える」メイクをしている悠子だが、今日はどこへも出掛ける予定がないらしく、ほぼ素顔である。肩に掛かる長さの髪も、素っ気なくうなじで一つに結んでいる。

海里としては、化粧をしないほうが、むしろ彼女の上品で繊細な顔立ちが際立ってより美しいと思うのだが、それを聞いた彼女がどう思うか想像もつかないので、伝えたことはない。

レッスンに備え、今日は薄手のカシミアのセーターとよく伸縮しそうなスラックスというカジュアルな服装の悠子に対し、長袖《ながそで》のＴシャツとカーゴパンツ姿の海里は、直立不動で深く頭を下げた。

「すいません！　三分遅刻しました！」

「おっ、五十嵐君、今日は珍しゅう遅刻か！　三分言うたら、短いようで、カップヌードルに湯ぅ入れてから、食えるようになる時間やからなあ。なかなかやで？」

そんな説教とも冗談とも判断がつかない言葉を投げかけてきたのは、悠子ではなく、彼女の背後から現れて長靴に足を突っ込んだ男性、つまり悠子の夫、繁春《しげはる》だった。

作庭家である彼は、自称半隠居で、わりによく自宅にいる。

仕事が趣味というタイプらしく、在宅時も、広い庭の手入れに余念がない。今日も、これから庭仕事に取りかかるようで、動きやすそうな服装をして、阪神《はんしん》タイガースの野球帽を被《かぶ》っていた。

「ほんとにそうです。申し訳ありません」

頭を下げたままなお詫《わ》びる海里の背中をポンポンと叩《たた》き、繁春は鷹揚《おうよう》に笑った。

「裏を返せば、カップヌードルくらいしか作られへん僅《わず》かな時間っちゅうこっちゃ。気にせんでええで。ほな、僕は庭におるから、レッスン頑張りや〜」

背後でバタンと扉が閉まる音が聞こえてから、海里は頭を上げた。

夫と入れ替わりに廊下に上がった悠子は、片手を腰に当て、「夫はともかく、私は多少気にするわよ。レッスンをする価値があるかどうかって問題だもの。この遅刻は、あなたの気の緩みという理解でよろしいのかしら」とやや冷ややかな声で問い質《ただ》した。

かつて、子供番組で歌のお姉さんとして活躍していた若き彼女は、常に輝くような

笑顔で楽しげに歌い、子供たちに優しく温かく接していた。

その後、女優に転身し、今は五十代となった悠子は、海里が憧《あこが》れていた「ゆうこお姉さん」の上品な明るさと共に、冷静で厳格、そしてなかなか辛辣《しんらつ》な一面も、隠さず飾らず、ありのままに見せている。弟子の海里にはなおさらだ。

師匠に叱られて、海里はやはり土間で気をつけの姿勢のまま、正直に答えた。

「店の仕込みを手伝ってたら、夏神さ……マスターが新しい料理を作り始めたんで、つい夢中になってしまって。でも、それは遅刻の言い訳にはならないです。すみませんでした。その……帰れって言われたら帰ります。本気で反省もします」

再び深々と頭を下げた海里が聞いたのは、「そういうところ」という悠子の声だった。

声音に怒りが含まれていないと感じて、海里は今度はそろそろと頭を上げる。

「あなたのそういう誤魔化さないところは、とてもいいと思うわ。下手な嘘をつかれると腹が立つけれど、そんなに真っ直ぐ謝られたら、怒れないものよ」

「……じゃあ」

「この程度の遅刻で追い返したりはしません。お店の仕事をギリギリまでやりたい気持ちはよくわかるわ。今回の遅刻は、あなたの真面目さが裏目に出たってことだと理解します」

「ありがとうございます！」

「でも、この程度なら大丈夫なんだ、なら次はもう少し遅れても大丈夫だろう、みたいなことにならないように気をつけて」

「肝に銘じます」

「では、どうぞ。その様子じゃ、準備運動は済んでいるようだし、早速レッスンを始めましょう。お互い、貴重な時間を無駄にしないように」

　そう言うが早いか、悠子は踵《きびす》を返す。海里も慌ててバスケットシューズを脱いで家に上がり、汗を拭《ふ》く余裕もなく悠子を追いかけた。

　倉持邸には、繁春が悠子のために設《しつら》えた、広々したレッスンルームがある。

　板張りの部屋の一面は見事な庭を臨める大きな窓、別の一面には壁際に、バレエの基礎レッスンができるよう長いバーが取り付けられており、あとの二面には全面に鏡が張り付けられている。

　部屋の片隅には小振りではあるが、名の通ったメーカーのグランドピアノまで置かれ、まさに個人宅の施設としては完璧《かんぺき》といえるだろう。

　天窓から明るい陽射しが入るその部屋のど真ん中で、悠子と海里はパイプ椅子を向かい合わせに据え、それぞれ浅く腰掛けていた。

二人の膝小僧《ひざこぞう》の間は、きっかり一メートル開いている。

それが、悠子が読み合わせレッスンを行うときに好む距離だった。

それぞれの手にあるのは、海里が「シェ・ストラトス」でステージに上がることができたときに演じる作品、「花束をめぐる諍《いさか》い」である。

それは、今、作品が次々とドラマ化、映画化されて評判の流行作家、淡海五朗が、悠子と海里のためだけに書き下ろした、特別な短編だ。

本人曰《いわ》く、「五十嵐君には色々と迷惑をかけた」ので、そのお詫び、かつ、悠子と海里への友情の発露であるらしいが、一度はスキャンダルで芸能界を追われた「元俳優兼タレント」の海里にとっては、まさに破格のプレゼントというより他はない。

悠子に「いつ舞台に立つかという具体的な予定は今しばらく決めず、丁寧に作品を仕上げていきましょう」と言われるまでもなく、海里は全身全霊でこの作品と取っ組み合うと心を決めていた。

しかし。

言うは易く行うは難し、ということわざがある。

作品と取っ組み合うためには、まず、作品を理解しなくてはいけないわけだが、それがどうにも海里には難しい。

今日、二人は三度目の読み合わせを行うことになったのだが、室内には、陽射しの

明るさとは対照的に、重苦しい空気が漂いつつあった。

淡海が書いたこの作品は、ある夫婦の独白と会話から成り立っている。登場人物はたった二人、朗読向きの実にシンプルな構成の心理劇だ。

言うまでもなく、妻を悠子が、夫を海里が演じることになる。

今日のレッスンは、まず、悠子のパートから始まった。妻の独白である。

『花言葉の意味なんて、あの人、興味があるのかしら。そんなことを意識して花を選ぶような人ではないけれど、男は時々、妙にロマンチストになるから、あるいは。だって、誕生日プレゼントに毎年花束をくれるなんて、それ自体、ずいぶんロマンチックな行為ですもの。もう、お互い、燃え上がるような想いを抱いている時期はとっくに過ぎてしまったというのに』

悠子の朗読は、どんな作品を演じるときにも、比較的淡々としている。

特に地の文については、明鏡止水《めいきょうしすい》と表現したくなるほど、フラットで穏やかで、持ち前の澄んだ声音が耳に心地よい。

会話文においても、大袈裟《おおげさ》に声色を変えてキャラクターを演じ分けることはなく、派手に声を張り上げることもない。

それなのに、読むスピードを微妙に変え、抑揚に控えめなバリエーションを持たせ、声に込める圧を自在に操ることで、それぞれのキャラクターの人格や感情を、豊かに

表現することができる。

『赤いアネモネは「君を愛する」、カーネーションは「無垢《むく》な愛」、ストックは「永遠の愛と絆《きずな》」……ふふ、この花束には、愛の花ばかり。まるであの人の、私への愛情を詰め込んだよう。なんて素敵で、嬉《うれ》しい贈り物なんでしょう。……でも』

　ずっとふわふわと温かく夢見るようだった妻の声が、最後の「でも」で、突然、しんと冷えきる。

　この広い室内の温度まで数度低くなったような感覚すら聞く者に与える、不思議な一言だ。

　真正面で悠子の朗読を聞いている海里は、背筋が痺《しび》れるような衝撃を受けていた。

（どうして……どうして、こんなに怖いんだろう。不安になるんだろう。お客さんと違って、俺はこの作品を全部読んでる。話の流れもオチも全部知ってるし、この場面を読み合わせるのも二度目だ。それなのに、どうして「でも」の一言で、こんなにゾクッとするんだろ。特に、ドスの利いた声を出したわけでも、声のトーンを凄《すご》く変えたわけでもないのにな）

「五十嵐君？　あなたの番よ」

　驚きのあまり、つい物思いに耽《ふけ》ってしまっていた海里は、悠子の声にハッと我に返った。

「す、すみません！」

「どうしたの、今日は。遅刻に続いて、レッスン中に油断？　眠いとか？」

静かに咎《とが》められ、心の中で大汗を掻《か》きながら、海里はやはり正直に答える。

「いえ、倉持さんの朗読、不思議だなって改めて思ってました」

悠子は形よく整えた眉《まゆ》を軽くひそめる。眉間《みけん》にシワが寄らないギリギリのところで動きを止めるのは、さすが女優というべきだろうか。

「不思議？　どういうこと？」

「今のやつです。『でも』なんて短い台詞《せりふ》一つで、室温がじわっと下がるみたいな怖さ、どうやったら出るんだろうって思ってました」

するとと悠子は、その問いには答えず、「とにかくあなたのパートを読んでみて」と促した。

海里は居住まいを正し、台本を両手で読みやすい高さと距離に固定した。呼吸を整えてから、慎重に声を出す。

『愛、愛、愛。人は、愛なしには生きられない。そして僕は、自他共に認める愛妻家だ。会社の同僚だった妻を口説いたのは僕のほうだし、僕だけのものになってくださいと跪《ひざまず》いてプロポーズしたのも僕だ。毎年、結婚記念日は素敵なディナー、妻の誕生日には花束を欠かさない。普段は現実的なのに、その二日間は溢《あふ》れるような愛情を隠

さないロマンチストになる。それが僕という人間だ』

　そこでいったん言葉を切って、海里は台本から視線を上げ、悠子を見た。

　前回は、ここで朗読を遮られ、「感情を込めすぎ。というか、ユーモラスに読もうとする作為が透けて見えるどころか、台詞の前にしゃしゃり出ているわよ」と、悠子に手厳しい指摘を受けた。

　しかも、そういう大袈裟な朗読は、パートナーである悠子の朗読とまったく調和しない、とも。

「私があなたに合わせることは、すぐにできる。でも、二人で朗読をやる意義は、二人で一つの作品世界を創り上げることでしょう？　互いに歩み寄るにあたって、まずはレディーファースト、師匠ファーストで、あなたが私に合わせる努力をしてみて」

　そんな悠子のリクエストに応《こた》えるべく、海里はこの二週間ほど、録音したレッスンの音声を何度も聴き返し、悠子の朗読のテンポに合わせて自分のパートを読む練習を続けてきた。

　悠子が顎《あご》を小さく上下させて先を促したところをみると、今回は、その課題についてはクリアできたらしい。

　海里はほんの少しホッとして、続きを読み始めた。

『でも』

さっきの悠子と同じ台詞を口にした瞬間、海里は失望が全身に満ちていくのを感じた。

（違う。こうじゃない）

店の仕事の合間、ひとりで、あるいはロイドをお供に練習していたときには、ほんの少し、悠子に近づけた気がしていた。

しかし、ついさっき、いとも容易《たやす》く室内の空気をガラリと変えてみせた彼女の「でも」と、今、さりげなく、でも気持ちを込めて言ったつもりの自分の「でも」は、まったく違う。

（どうして……）

愕然《がくぜん》とする海里を、悠子は静かに叱咤《しった》する。

「いいから、先を読みなさい。私が止めない限り、あなたは勝手に止まらないで」

「す、すみません。読みます」

『でも、僕にはもうひとり、愛する人がいる。妻とは別に、もうひとり。愛人、恋人、浮気相手。他人はそんな風に呼ぶだろうが、僕にとっては、妻は愛する人一号、もうひとりは、愛する人二号。みんな違って、みんないい。そんな風に言った詩人がいた気がする。そのとおりだ。二人ともまったく違うタイプだけれど、どちらもとても素敵な、愛すべき女性だ。とても比べることなんかできない。そんな必要はない。違う

タイプだからこそ、どちらにも等量の、それぞれにオーダーメイドの愛を注ぐことができる。そうだろう？』

　勝手に止めるなと言われても、海里としては、悠子に遮られないことが、かえって不安に思われる。ついチラチラと視線を向けてしまうが、悠子は真剣な顔で、軽く目を閉じて、海里の声に集中してくれているのがわかる。

（気を散らしちゃ、失礼だよな）

　海里は気合いを入れ直し、続きを読み続けた。

『不実？　なぜ。確かに僕は、彼女に「僕だけのものになってください」と頼んだ。彼女はそれを受け入れてくれたけれど、僕に「私だけのものになってください」とは願わなかった。ならば、妻が知らないもうひとつの愛を持つことは、何ら悪いことではない。そう、妻に知られなければいい。もうひとりは、最初から僕に妻がいることを知っていて、この関係を楽しんでいる。いわば、ＷＩＮ ＷＩＮというやつだ。何の問題もない』

「そこまででいいわ」

　悠子は目を開け、平板な声でそう言った。

　海里はむしろほっとする思いで口を噤《つぐ》み、台本を膝《ひざ》に下ろした。

「すみません、全然駄目でした」

自分からそう申告した海里に、悠子はほんの少し口元をほころばせる。

「全然、ではないわよ。前回から二週間、あなたが真面目に稽古《けいこ》に取り組んだことは伝わった」

「……本当ですか？」

「ええ。何度も読み返し、読み通したのね？」

「はい」

海里は神妙に頷《うなず》く。悠子は、真顔に戻ってこう言った。

「おかげで、テンポはだいぶ安定してきた。最初は心配になるくらい酷《ひど》かったけれど……そういえばあなた、確か地元の同好の士と朗読の発表会をした、というか、他人《ひと》様《さま》を指導したとか言っていなかった？」

「え……え、えっと、それは、その、何て言うか、若気の至りでした！」

淡海に頼み込まれ、地元の高齢者が中心となった朗読サークルの指導役をごく短期間引き受けただけなのだが、悠子に「どの面下げて」と言いたげな顔でその話を持ち出されると、今すぐ床を掘削して地下へ逃れてしまいたくなる海里である。

大汗を掻いて恥じ入る海里に対して、悠子は実に事務的な口調でこう続けた。

「そのことについては猛省を促したいところだけれど、過ぎたことは仕方がないわ。腕を上げてから、いつかもう一度、あらためてご指導させていただきなさいね」

「ハイッ！」

返事の声が、自分でも滑稽《こっけい》なほど上擦っていて、海里はなお焦る。

そのアタフタを絵に描いたような表情に我慢できなくなったのか、悠子はついふふっと笑ってしまい、慌てて口元に片手を当てた。

「笑いごとじゃないわよ。でもまあ、淡海先生は、サークルの皆さんの熱意とあなたのひたむきさが合わさって素晴らしい発表会になったと仰《おっしゃ》っていたから、結果オーライだったんでしょう。……楽しかったのよね、そのとき？」

海里はようやく少し人心地がついて、懐かしそうに頷く。

「最初は正直、渋々だったんですけど、自分でも驚くほど楽しかったです。演じることって、こんなに伸びやかで、楽しいことだったんだって」

悠子は微笑んで頷く。

「俺も、ミュージカルの舞台に上がってた頃は無我夢中で、不安で、苦しくて、悔しくて、でもやっぱり気持ちよくて楽しくて大好きだった。あの頃の気持ちを思い出させてくれた経験でした。朗読発表会があったから、今があるのかなって」

「なるほど。だからこそ、これまで愚直に身体を作って、声を出す稽古を続けてこられたのよね。そこは本当に評価したいの。実際、朗読の技術については、少しずつだけど上がってきているもの」

「そうですか？」

自信なげに問いかける海里に、悠子は深く椅子に掛け直すと、ゆったり脚を組んだ。彼女が何か考え事をするときの姿勢だ。

「実感できないってことは、まだ、何がよくて何が悪いか、客観的に自分の朗読を評価しきれていないってことかしら。その判断はある程度できるようでないと、意味のない練習を重ねてしまう可能性が常にあるわよ？」

「確かに。というか、今日、ここに来るまでは、少し上達したんじゃないかって思ってたんですよね。だけど実際に読んでみたら、全然駄目でした。さっきの『でも』とか、最悪だった」

後悔と悔しさが溢《あふ》れて、海里は思わず唇を噛《か》みしめる。

悠子は、やはり適切な言葉を探すように視線を宙に彷徨《さまよ》わせつつ、ゆっくりと声を発した。

「最悪……力が足りないところは感じとれているのね。どう最悪だった？」

海里のほうも腕組みをして、考え考え答える。

「正直、わかんないです。倉持さんの『でも』を聞いたあとだったから、自分のが駄目だってことだけはバチバチにわかりました。だけど、どうやったら、倉持さんみたいに、『でも』の一言だけで、ハッピーだった場の空気をヒエヒエに変えられるんだ

ろうって、ずっと考えながら読んでました」

それを聞くと、悠子はゆっくりと組んでいた脚を下ろした。

そして、どこか呆《あき》れたような表情で、右の人差し指を立て、ただ一言、こう言った。

「作為」

「へ？」

二週間前も聞いた言葉を再び持ち出され、海里は困惑の面持ちになる。

「作為って……その、わざとらしいってことですか？　先々週は、俺の朗読が作為的だって」

「それとはまた違う。私は、作為的に『でも』を言ったんじゃないの。空気を変えてやろうなんて、これっぽっちも思ってはいなかったわ。あの場に、私はいなかったのよ」

だんだん禅問答のようになってきたやり取りに、海里は内心頭を抱えつつも、必死で食い下がる。

「倉持さんがいないって、どういうことですか？」

「私の朗読中、ここにいたのは、『妻』だけ」

「あ……」

ハッとする海里に、悠子は静かに、しかし力強く断言した。

「朗読も、立派なお芝居よ。たとえ演劇やミュージカルのようにダイナミックな感情表現がなくても、登場人物の深い心の底まで演じることができるの。役者が、キャラクターを本当に自分のものにしていればね。さっきの私の朗読で、それを感じとってくれたからこその感想なら、とても嬉《うれ》しいわ」

「感じました。確かに、そうだった。……キャラクターを自分のものに、か」

海里は口の中で呟《つぶや》き、考え込んだ。

「俺、いっぺんだけその次元にたどり着けた気がするんです」

「いつ？」

「デビュー作のミュージカルで演じたキャラクターですよ。あいつが俺で、俺があいつってくらい、わかり合えて、溶け合えた気がした。キャストとしてインタビューを受けているときも、舞台裏の取材でも、俺はあいつだった。わざとそう演じてるんじゃなくて、俺とあいつの間に、ボーダーがなかったんです」

悠子はニッコリして両手を軽く広げてみせる。

「まさにそれよね。キャラクターを自分の中に取り込んで、一時的にではあるけれど、ひとつになる……その感覚、あなたは既に知っているのね」

海里は頷き、しかしすぐに首を横に振った。

「でもそれは、性別も年齢も性格も、夢に向かってがむしゃらに頑張ってるところも、

俺とあのキャラクターがすげえ似てたからだと思うんですよね。ほぼ素人でも、根性だけで一体化できるくらい、俺たちは近い存在だった。だけど、今回は……」

「今回は？」

海里は台本を持ち上げ、片手で表紙をぺしりと軽く叩《たた》いて訴えた。

「この『夫』があまりにも嫌な奴過ぎて、しかも俺との共通点が、男だってこと以外一つもなくて、ぶっちゃけ、こいつをどう嚙み砕いて自分のものにしていいのか、さっぱりわかんないんですよ」

「共通点が一つもない？」

「ないです。最初から最後まで最悪ですもん。俺、この話の結末も納得いかないんですよね、実は」

「あら。淡海先生、レッスンを覗《のぞ》きたいって仰ってたけど、もう少し先にしてくださいって申し上げてよかったわね。今のを聞いたら、きっとガッカリなさるわよ」

悠子は今度こそ本当にクスクス笑い出した。ちょっと小馬鹿にされた気がして、海里は顔を赤らめ、悔しそうに「だって」と子供じみた抗議の声を上げる。

「ごめんなさい。からかうつもりじゃなかったんだけど、若いなって改めて思ったのよ。そういう真っ直ぐなところ、可愛くて眩《まぶ》しいわ」

「全然、嬉しくないなあ！　俺がガキだって意味ですよね、それ」

まだ笑いを引っ込められないまま、悠子はむくれる海里にこう問いかけた。

「まあね。一方、年長さんの私は、けっこうこの『妻』が好きよ。年齢は私のほうがだいぶ上だけれど、彼女の夫への信頼と疑惑の間で揺れ動く気持ちがよくわかるし、プライドを引き裂かれるような、彼女と似たような経験をしたことも……まあ、あるわ」

「えっ？　あの旦那《だんな》さんが⁉　浮気を⁉」

思わず、繁春が作業中であろう庭のほうへ顔を向けた海里に、悠子は慌てて訂正する。

「馬鹿ね、違うわよ。夫と知り合う前の話。付き合った男に二股《ふたまた》をかけられたことくらいあるって話」

「マジですか！　倉持さんみたいに綺麗《きれい》な人と付き合っといて二股とか、そんな男いるんですか」

「褒めてくれるのは嬉しいけど、綺麗とか綺麗じゃないとか、そういうことじゃないのよ。恋愛沙汰《ざた》って」

レッスンルームというよりは、居酒屋かバーでの会話のようだと思いつつ、海里は盛んに首を捻《ひね》った。

「そういうもんかなあ。やっぱ俺にはわかんないや、二人の女の人を好きになって、

それを悪くないって思ってる男とか、絶対理解できないし、なんてーか……俺のものにしたくない、そんな人格」

　思わず本音を吐いてしまった海里に、悠子はちょっと考えてからこう言った。

「あなたは、この『夫』というキャラクターを、軽薄で不誠実な人物だと、批判的に解釈している」

　海里は、ムスッとした顔で頷《うなず》く。

「あなた自身とはまったく対極にいるその男に、明らかに悪い印象を持っていて、その感情が観客に伝わるように台詞《せりふ》部分を朗読している……そういうことかしら」

　今度は、海里が考え込む番である。

「そこまでは考えてないです。でも、キャラクターを摑《つか》むことは確かに全然できてないですね。それは、ずっと最大級の悩みです。だからこそ、近づけないまま、よそよそしく演じてしまってるって感じてたんですけど」

「違うわね。今日のあなたの朗読、私に合わせて淡泊であろうと努力していることはわかった。でも、やっぱり聞いている私には、『夫』に対するあなたの悪意が感じられてしまうのよ。嫌な人物として、想像で『夫』像を描いてしまっている」

「でも、理解できない奴なら、想像して役を作るしかないんじゃないですか？」

「想像、ね」

悠子は物憂げに溜《た》め息《いき》をついて席を立つと、グランドピアノの傍に置いてあったタブレットを持って戻ってきた。そして、何やら操作した後で、液晶画面を海里に示した。

「これ、何だと思う？」

「へ？」

海里が訝《いぶか》しげに覗いた画面には、謎の生物の絵が表示されていた。

長い脚が四本ある獣だ。

ちょっと見は犬か狼のようだが、足の指は四本で鋭いかぎ爪が生えており、足の真ん中の関節にも、ツノのようなものが一本ずつ、空に向かって伸びていた。

たてがみはザワザワと波打ち、長い尻尾《しっぽ》に至っては、イナズマのような形状である。

長い指で人間の足を摑んで食らおうとしているその獣は、海里が知っているどんな動物にも該当しない。

「何ですか、これ。架空の生き物でしょ？」

すると悠子は、悪戯《いたずら》っぽい笑みを浮かべて種明かしをした。

「これは、十三世紀のヨーロッパの人が想像で描いた、ワニ」

海里は唖《あ》然《ぜん》として、両目をパチパチさせた。

「いやいやいや！　全然似てねえ……あ、いや、脚が四本ってのはまあ、合ってる。

そういや、ワニも背中はギザギザしてるな。そこも合ってる。尻尾が長いのも……まあ、合ってる。いやでも、トータルすると全然ちげーわ。あ。そっか」

何故、悠子がその絵を見せたのかを悟り、海里は両手を側頭部に当てた。

「つまり、断片的な情報を貰《もら》って、あとは想像で全体像を描くと、こうなっちゃうわけか！」

「そういうこと。得られる情報が少なくて、想像で補う部分が多いほど、本当の姿からは遠ざかっていく。一方これは……」

悠子はまた別の絵を海里に見せた。今度は、海里はタブレットの画面いっぱいに表示された動物の名前を迷いなく口にした。

「象！　なんかビミョーに違うけど、でもトータルでけっこう象。間違いない」

悠子も満足げに頷いた。

「正解。これは徳川吉宗《とくがわよしむね》の時代、実際に江戸《えど》に連れてこられた象を見た人物から、直接その話を聞いた絵師が描いた象」

海里は、思わず低く唸《うな》った。

「情報が正確で量が多いと、実際に象を見てなくても、これだけ実物に近いもんが描けるのか。さっきのワニと凄《すご》い差がありますね」

「つまり？」

「俺が、淡海先生の書いた『夫』の気持ちや行動を理解できずに、わかんないまま嫌なヤツだと思って、想像でキャラを作ると……」

「淡海先生が伝えたかった『夫』の本当の姿には、決してたどり着けないでしょうね。でもまあ、あなたなりの、オリジナリティ溢《あふ》れる『夫』像は完成するかもしれない。それをよしとするかしないかは、最終的にはあなた次第だけれど……」

悠子はタブレットの電源を落として椅子の下に置くと、両手を膝《ひざ》に置き、端正な居住まいでこう話を締め括《くく》った。

「今のあなたが描く『夫』像は、私には、とても薄っぺらくて空虚なものに感じられる。その理由は、あなたの『夫』への理解が、上っ面だけのものだから。人は、善なるものだけで形成されているわけじゃないでしょう？　悪も、グレーゾーンもあって、初めて魅力的な人物になる。勿論《もちろん》、何が善で何が悪かってことも、その人によりけりよね」

「うう。そう言われちゃうと、ぐうの音も出ないな」

海里は困り顔で、膝の上の台本に視線を落とした。

「でも俺、どうやったら、この『夫』のことをもっと理解できるんでしょうか」

それには悠子も、少し困り顔になった。

「そうねえ。いちばん簡単なのは、人生経験を積むことだけれど。たとえば……」

「二股かける、ですか？　さすがに無理ですって」

「それはそうよね。そんなこと、してほしくないわ」

　二人は頷き合って、同時に深い息を吐いた。

「だいたい、役作りのために恋愛するとか、ちょっといくら何でもありえないし。うう、自分でもう一度、読み返しながら考えてみます。『夫』のこと、もっと理解して近づけるようになる方法」

「それがいいわ。私も、どうやったらあなたの助けになれるか、考えてみる。だけど今日は、技術面を磨くことにしましょう。まずはこの先を最後まで、感情をいっさい込めずに、ただ立てる言葉、引っ込める言葉、流れを作る言葉を意識して読んでみて」

「……はい！」

　いかにも師匠然として、そんな提案で淀《よど》んだ空気が再び流れるように仕向けてくれた悠子に感謝して、海里は気持ちを切り替えるために大きな声で返事をした。

　そして、今はまったく好きになれない『夫』の身勝手な独白を、極力感情を殺し、一音一音に気を遣いながら、再び朗読を始めた……。

「では、お返しを……そういえば、今夜は珍しくビールをお召しでしたね」

レジで、最近よく来てくれる年配の夫婦客の会計をしながら、ロイドは意外そうにそう言った。

おそらくは七十歳を過ぎている夫婦の妻のほうが、照れ臭そうに背後で待っている夫を振り返る。

「言うても、二人で小さいグラスに一口ずつよ。あとはあちらの若い方々に手伝《てつど》うてもろたの。ねえ」

「二人とも弱《よお》うなってしもて、それ以上飲んだら、タクシー呼んで貰《もら》わんと家に帰れんようになるさかいな」

夫も赤い顔で快活にそんなことを言う。

「何か、お祝いごとでもおありだったのですか？」

控えめに、しかし淡い茶色の瞳《ひとみ》に好奇心を煌《きら》めかせて訊《たず》ねるロイドに、夫婦は顔を

見合わせ、同時に首を振った。答えたのは、より話し好きな妻のほうである。

「そういうわけやないけど、今日のお料理が、とっても嬉《うれ》しかったんよ」

「嬉しかった、ですか？」

　手が空いたので、テーブルに残された食器を集めに来た海里が、その会話を耳にして、不思議そうに問いを発する。

「前にも言うたかしら。私ら、マスターの新聞のコラムでお店の紹介を見て、楽しそうな店やなあと思うて、お訪ねするようになったんよ。勿論《もちろん》いつも美味《おい》しいけど、今日のあの……くるくるしたお料理が特に素晴らしいて」

「鳴門《なると》巻き」

「そう、それ。あれも、昔のお料理をアレンジしたものでしょ？　そう思うて美味しく嬉しくいただいたんやけど、違《ちゃ》うんかしら」

「いや、そうです。ね、夏神さん」

　カウンターに両手をついて身を乗り出し、夏神は早くも弾んだ声で答えた。

「そうです。昭和四年の婦人雑誌の附録からレシピを貰《もろ》うてきました。味付けは、オリジナルよりだいぶ薄味で炊きましたけど」

「ああ、やっぱりそうやわ！」

　老婦人はパチパチと小さく手を叩《たた》き、頬を上気させて夫を見る。夫は妻を小さな動

きで指さして、こう説明した。

「こいつの母親がね、あれとそらもうよう似た料理を何度か作ったことがあるらしいんですわ。そのまた母親、つまりお祖母《ばあ》さんが得意にしとった料理やそうでね。もしかしたら、そういう雑誌の附録で知った料理かもしれんなあて話しとったんよ」

それを聞いた夏神は、厨房《ちゅうぼう》にある戸棚のいちばん下の引き戸を開け、そこから一冊の見るからに古びた本を取りだした。

「ちなみに、こういう本ですわ。和洋中、そらもう山ほどレシピが載ってます」

そう言って彼が夫婦に示した分厚い本の表紙には、右から左へ「家庭料理」と黒々とした字で表題が書かれていて、色褪《いろあ》せてはいるものの、表題の下に描かれた幾何学的な花模様も、まだ元の彩りが推察できる程度には残っている。

「ああ、きっとそんな風な本を見て作りはったんやろね。さすがに記憶にはないし、母は見てへんかもやけど、祖母はきっと、それと同じ本を手に入れたんやと思います。はあ、嬉しい。そんなこんなでお互いの親や祖父母の思い出話に花が咲いて、気持ちが華やいで、特別にビールで乾杯したわけよ」

「そらよかった。お母さんの味を、ちょっとは思い出してもらえましたか？」

期待を込めて夏神に問われ、老婦人はにっこりして頷《うなず》いた。

「母の味はもっとお醤油《しょゆう》が濃うて、一口でごはんがたくさん食べられたもんやけど、

今日のは今日ので美味しかったわぁ。あのぐるぐる模様が綺麗《きれい》で、子供の頃は食べるんが惜しかったんよ。忘れとった懐かしい記憶が芋づる式に出て来て、主人も私もホンマに楽しかった。また、他にも昔の料理を食べさしてね、マスター」

「了解です。毎回は無理かもしれんですけど、できるだけ頑張ります」

「ありがとうね。先の楽しみができたわ」

「ほな、また。ごちそうさん」

老夫婦は笑顔で手を振り、店を出て行く。

「ありがとうございましたー！」

「また近いうちに是非、お越しくださいませ」

外まで夫婦を見送り、海里とロイドが店に戻ると、夏神は慌てて顔から手を離した。どうやら、夫婦の言葉が嬉しくて、軽く感涙にむせんでいた様子である。

「あー、すいません、飯のおかわりください。全員」

夏神をからかってやろうとした海里だが、それより先に、テーブル席からそんな声が飛んでくる。

「はーい」

　ゼミや卒論、就職活動の話題が出ていたので、おそらく大学生なのだろう。初めてやってきた若い男性の四人組である。海里はトレイを手に、四つの空っぽの茶碗《ちゃわん》を回

収にかかった。

「皆さん、大盛りにします？」

「や、普通盛りで。な？　そんで、ビールの追加も。そっちはもう一本でええんで」

　いちばん海里に近い場所に座っている若い男性が、ごく当然といった様子で追加注文をする。海里は人当たりのいい笑顔で、眉《まゆ》だけを八の字にしてちょっと困ってみせた。

「すいません、うち、飯屋なんで、ビールはひとりあたり中瓶一本以上は出さない掟《おきて》なんです」

　テーブルの上には、すでに中瓶が五本並んでいる。男性は、それをチラと見て、肩を竦《すく》めた。

「っちゅうことは、俺ら、さっき隣のご夫婦からもろた一本弱で、既にオーバー？」

「ですね。だけど、その一本弱は棚ボタなんでオッケーです」

「よかった。ほな、ごはんだけお願いします。あと、お茶を貰えますか。そろそろあっついほうがええかな」

「かしこまりました！　ご理解、ありがとうございます」

　海里はトレイを手にカウンターの中に戻った。

　ついてきたロイドがごはんの盛り付けを引き受けてくれたので、海里は熱いお茶を

大きな急須《きゅうす》で煎《い》れ、夏神が無言で寄越《よこ》した漬け物盛り合わせの中鉢と共に客席に運んだ。

「お茶どうぞ。こっちは、マスターからのサービスの漬け物です。ごはんすぐ来るんで、お茶漬けもええと思いますよ」

そう言いつつ、海里は夏神の心遣いの細かさに舌を巻いていた。

夏神が中鉢に漬け物を盛りつけたのは、海里がごはんのおかわりをリクエストされた直後だろう。

さっと四人のテーブルを見た夏神は、彼らの皿におかわりしたごはんの量に見合うほどのおかずが残っていないことを見て取ったに違いない。

存分に酒を飲ませられない分、せめて最後まで美味しく食事をしてほしい、そんな夏神の気持ちが、漬け物には込められているのだ。

（でも、それがお客さんに通じようと通じまいと、夏神さんは気にしないんだよな。そういうとこ、押しつけがましくなくて凄《すご》くいい）

感心しながら、海里はカウンター越しにロイドからごはんを盛りつけた茶碗をトレイに載せてもらい、再び客のところに戻る。

「はい、ごはんお待たせ！　ビール瓶、邪魔だと思うんでお下げしますね」

そう言って空っぽになったビール瓶を引き上げる海里に、さっきごはんのおかわり

をリクエストした男性が、ちょっと躊躇《ためら》いがちに声をかけた。

「あの、すいません。あの……えっと、五十嵐カイリさん、ですよね？　あの、『ディッシー！』の」

いかにも言いにくそうに、しかししっかり海里の芸能人時代の決め台詞《ぜりふ》まで口にした彼に、海里は「はい」とあっさり肯定の返事をした。

この店に住み込んでほどなく、ワイドショーに近況をすっぱ抜かれて以来、客の中に一定の割合で、かつてのファンや、好奇心丸出しで海里の顔を見に来る人が含まれている。

海里にとっても、ロイドや夏神にとっても、この質問はすっかり慣れっこのものなのである。

それで？　というように小首を傾げる海里に、男性は申し訳なさそうに言った。

「俺はあんま詳しくないんですけど、テレビでも料理してはったんでしょ？」

「ああ、はい、まあ」

「その番組、うちの母親が毎朝見とったんですよ。ファンらしくて」

ようやく得心がいって、海里は笑顔で一礼する。

「あ、ああ！　お母さんが見てくださってたんですか。ありがとうございます」

「そうなんです。今も気にしてるようで、俺が芦屋に住んでるもんやから、この店に

五十嵐さんがいるよって言われてたんです。ほんで、今日、ゼミの仲間と一緒に」

「なるほど！」

「もう、そっち……テレビのほうは、完全に辞めはったんですか？」

「はい。今はこの仕事を頑張ってます」

海里は屈託なく頷いた。もはや、芸能人時代のあれこれは過去のことと割り切ったので、そういった質問にも動揺することはなくなった。

そんな海里の平然とした態度にホッとした様子で、彼はゴソゴソとバッグから手帳を取り出した。

「そういうことやったら、もはやめっちゃ失礼かもしれへんのですけど、サインとか貰《もら》えへんですか？　今日、俺がこの店来た言うたら、きっと実家の母親、羨《うらや》ましがると思うんですよ。ちょっと心臓が悪うて、あんまし出歩かれへんもんで」

夏神が背後から少し心配そうに見ているのは感じたが、海里はやはり笑顔のままで快諾した。

「元タレントのサインでよければ、全然いいっすよ。喜んで、書かせていただきます。お母さんのお名前は？」

「よしこ！　美しい子のよしこです」

「オッケーです。美子《よしこ》さまへ、息子さんにごはんをおかわりしていただきました、

と」

「えええー、それ書く!?」

海里の手元に注目していた四人が、どっと沸く。

「ありがとうございます。お母さんに、よろしくお伝えください」

そう言って手帳とペンを返すと、男性は大事そうにバッグに手帳をしまい込み、海里にペコリと頭を下げた。

「こっちこそありがとうございます。五十嵐カイリさん、定食屋でめっちゃ頑張ってはったって伝えます。うちの母親……その、五十嵐さんが番組降板しはったとき、えらい憤慨してたんですよ。『あの子は絶対真面目な子なんやから』って力説しとったんで、今の姿を伝えたら絶対、『だから言うたやろ!』って偉そうに胸張りますわ」

「……ありがとう、ございます!」

芸能人時代の話を持ち出されることには慣れていても、そんな風に、かつては気に留めることもなかったファンの想いに触れると、たちまち胸が熱くなる。

零《こぼ》れそうになる涙を客に見せないよう、海里は必要以上に深く頭を下げ、シャツの袖《そで》でグイと目元を拭《ぬぐ》った。

午後九時を過ぎると、一時的に客足が途絶えることが多い。夕食と夜食の潮目のよ

うな時間帯なのだろう。

海里のお勧めに従い、お茶漬けで食事をしめた四人組が帰ったあと、店内には、おそらく、そして望むらくはしばしの静かな時間が訪れた。

「豚ロース肉のはちみつ焼きは、やはりお客様の評判がようございますね」

ゴム手袋をしてシンクに山盛りになった食器を洗いながら、エプロン姿のロイドはニコニコしてそう言った。そのあと、ちょっと残念そうに、「わたしどもには回りますまいな」とこぼす。

「別に残らんかったら残らんかったで、今度、まかないに作ったらええがな」

そう言うと、夏神はエプロンのポケットから短い棒のついた丸い飴《あめ》を取り出し、フィルムを剝《は》がして口に入れた。

カロリー補給と共に、禁煙して何年経ってもたまに襲ってくるらしき口寂しさを解消するためのアイテムである。

「はちみつを使うとなると、まかないにはちょっと贅沢《ぜいたく》な気がしてさあ」

調理台を濡《ぬ》れ布巾《ぶきん》で綺麗《きれい》に拭《ふ》きながら、海里はそんなことを言った。

タレント時代は、番組で作る料理の材料費がいくらかかっているのか、具体的に考えたことは一度もなかった。

食材は、あと一手間加えればいいだけの状態に整えられ、正確に計量されて調理テ

ーブルの上に使う順に並べてあるもの。そんな認識だったのだ。

今は、夏神が電卓を叩《たた》いて原価計算をしながらメニューを考えるところを毎日のように見ているし、海里自身も買い出しに出て、夏神の想定した価格帯に収まるような品物を探して買ってきたりする。

年間を通じて価格が安定している食材から、見るたびに値段が乱高下《らんこうげ》する食材、価格帯がピンからキリまであり、どこで妥協するかが悩ましい食材……様々なタイプの食材の価格帯が、だいたいわかるようになってきた。

海里たちが食材を仕入れに立ち寄る店は何軒もあるが、それぞれに品揃えに特徴があり、「この食材は絶対にここ」と夏神が心に決めている品も多い。

たった今、飴をくわえたままの夏神が、「よっこいしょ」と年寄り臭いかけ声と共に冷蔵庫を開けて取り出してきたのも、そんなこだわりの品の一つである。

「あ、大丸芦屋店の地下にある、お豆腐屋さんの」

海里の指摘に、夏神はもごもご飴を口の中で器用に動かしながら頷《うなず》いた。

「おう。『豆香《とうか》村《そん》』で売っとる糸コンや。ガラスケースの上、右っちょんとこにある」

やや不明瞭《ふめいりょう》な口調でそう言いつつ、夏神はボウルの上に深めのざるを置き、そこに袋から直接、糸コンニャクをあけて水を切った。

袋がパンパンになるほどたっぷり入っている糸コンニャクは、よく見かけるものよ

り二割がた太い。遠目には、太く打った田舎蕎麦《そば》のようにも見える。

夏神は片手鍋《なべ》に水を張って火にかけると、水を切った糸コンニャクを食べやすく切って、鍋の中にどんどん放り込んだ。

調理台を拭き終えた海里は、夏神の隣に行き、惚《ほ》れ惚《ぼ》れと鍋の中を覗《のぞ》き込んだ。

「ここの店、あげだし豆腐もめちゃくちゃ旨《うま》いけど、この糸コンニャクも格別なんだよなあ。最初に食べたとき、歯ごたえがよくてビックリした」

夏神も口元を緩めて同意する。

「俺も、豆腐屋でコンニャク褒めてすいませんて言いつつ、あの店に寄ると、この糸コンを買わんとおれんのや」

「わかる。でも、いきなり何作んの？　今日は副菜の鳴門《なると》巻き、夏神さんがいっぱい巻き巻きしてるから、まだ当分なくならないよ」

不思議そうな海里に、夏神は広い肩を照れ臭そうに揺すった。

「そらわかっとる。いや、さっきの子ぉらもそうやったけど、食欲の秋やからか、ここんとこ飯のおかわりが多いやろ」

「あー、確かに。まあ、夏にみんな食欲が落ちてただけかもしれないけど、最近、ごはんを追加で炊く日が多いもんね」

「そやねん。ほんでさっきみたいに、飯をおかわりするんはええけど、それに見合う

量のおかずが残ってへんっちゅうときがあるやろ。俺、あれ気になるんや。さっきは他になんもないから漬け物出したけど、もうちょいなんぞ常備菜を作っとこかなと思うてな」

「それは、たいへんよいお考えです！　で、糸コンニャクで何をお作りに？」

　ピンク色のゴム手袋をはめ、小皿を一枚ずつ丁寧にぬるま湯ですすぎながら、ロイドはウキウキした様子で会話に割って入った。どうやら早くも、試食を楽しみにしている顔つきだ。

　夏神は、苦笑いで答えた。

「ちっこい代わりに安いしめじを、みそ汁にでも入れようかと思うてたっぷり仕入れとったから、それの上前はねて、あとはこないだの豚肉の切り落としを細こう切って、糸コンと合わせて甘辛煮にしようと思うとる。一味を軽う振って、ちょいピリ辛煮がええかな。仕上げに白ごまぱっぱっと」

「あ、旨そう。めっちゃ飯が進むやつ！」

「きのこの秋でもあるからな。松茸《まったけ》は出されへんけど、『香り松茸、味しめじ』や」

　夏神はそう言って、相好を崩した。

「さっきのご夫婦に嬉《うれ》しい言葉をもろて、ちょっとサービスしとうなっとんねん、今晩は」

「わかる。ああいう話、嬉しいよね。夏神さん、昔の料理のこと調べて、アレンジして、コラムも毎週書いて、頑張った甲斐《かい》があったじゃん」

海里は心からそう言った。ロイドも、穏やかに賛辞を添える。

「あのコラムは、本当に面白うございますよ。飾り気のない文章が、かえって料理の美味しさを想像させてくれます」

「ものは言いようやな」

照れてそう言い返した夏神は、「ちょっと離れとり」と熱に弱いロイドを遠ざけ、鍋をシンクに持って行った。沸騰した湯で一分ほど茹《ゆ》でた糸コンニャクを再びざるにあける。コンニャク独特の臭いを帯びた蒸気が、もうもうと立ち上った。

「豚肉、出して解凍するね」

海里はフリーザーを開け、先日、安いときにたくさん買い、小分けにして冷凍しておいた豚肉の切り落としを一袋、取り出した。

保存バッグに入れるときに平べったいシート状に整えておいたおかげで、塊状で凍らせるよりもかなり短時間で解凍することができる。

海里が電子レンジの扉を閉め、解凍ボタンを押したところで、夏神はさっきとは打って変わった真面目な声でこう言った。

「お前も、さっきは嬉しかったな」

海里は軽く夏神のほうを振り返り、タレント時代を思わせる気障《きざ》な肩の竦《すく》め方をしてみせた。

「物凄《ものすご》く嬉しかったけど、それ以上に死ぬほど恥ずかしかったよ」

「恥じらわれることはありますまい。素晴らしいことではありませんか」

　ロイドはフォローを試みたが、海里はゆっくりとかぶりを振った。

「ちげーの、恥じらうんじゃなくて、恥ずかしかったんだよ。穴があったら入りたいのほう。あのお客さんのお母さん、番組をクビになった俺のために憤って、俺のこと信じてくれた。それがとてつもなく恥ずかしい」

　夏神は、意外そうにくわえたままの飴の棒を上下させた。

「なんでや。お前が芸能界を追われた事件、濡れ衣《ぎぬ》やったんやろ？　ファンの人が無実を信じてくれはるっちゅうんは、これ以上ないほどありがたい話やないか。喜ぶとこ違《ちゃ》うんか」

「そうですとも！」

　ロイドも我が意を得たりと大きく何度も頷く。しかし海里は、真剣な面持ちで二人にこう言い返した。

「そこは、ホントは謝るとこだよ。ご本人が目の前にいなかったから、できなかったけどさ」

「なんでや？」

「確かに俺が芸能界を追われるきっかけになった事件自体は濡れ衣だった。だけど、俺、全然真面目じゃなかったもん」

「ああ……そっちか」

　夏神の気の毒そうな視線からわざと顔を背けて海里は吐き捨てる。

「そっちだよ！　バラエティの仕事を簡単で楽しいお仕事でーすって舐《な》めきってて、どんだけオーディション受けてもドラマの仕事が貰《もら》えないことに拗《す》ねてふて腐れてて、小さな舞台に呼んでもらえても、ミュージカル時代の客を呼び込むためのパンダ扱いって案件ばっかしで腹が立って、なんかもう、全部グダグダだった。そんな俺を庇《かば》って、信じてくれた人が少なくともひとりいたって今日知って、今、心底恥ずかしいよ」

　芸能人時代の言動を面白おかしくからかわれることには慣れっこの海里も、自分の過去の不行状を知らず、ただ純真に応援してくれていたファンの存在に触れては、平静ではいられない。恥ずかしいと繰り返す声は、酷《ひど》く苦かった。

「海里様……。その反省もまた、たいへんご立派でございますよ」

「立派なわけないだろ。最悪だよ」

　ロイドの慰めにも、海里はあからさまに嫌そうな顔で食ってかかる。しかしロイドは柔和な表情を崩さず、それでいて強い調子で「いいえ」と即座に反論した。

「それが『最悪』であったと気づけているということは、今はそれよりはよき状態でいらっしゃるわけです。過去はどう足掻《あが》いても変えられないもの。そこからよりよきほうへ成長なされている今の海里様のお姿を、あのお客様のお母上も喜んでくださるに違いありません」

「む……」

百年以上、この世界を見てきたロイドにそんな風に諭されては、海里にそれ以上食い下がるための言葉はない。夏神も、ここぞとばかりにロイドの肩を持った。

「ロイドの言うことが、今回は全面的に正しい。俺も人のことは絶対に言えん立場やし、過去を引きずるお前の気持ちは痛いほどわかるけどな、イガ。俺に、それでも前へ進めって言うてくれたんはお前やぞ。おのれが思いきり後ろ向きになってどないすんねん」

「う……それを言われると返す言葉が」

「あれへんやろ。過去のお前はどないもならん。カスやった過去のお前の言動は、未《み》来永劫《らいえいごう》、カスのまんま残る。そやけど、お前は今、料理に朗読に、しゃかりきに頑張っとる。その上で、自分のことだけやのうて、俺のことも、ロイドのこともあれこれ考えてくれとるやないか。今のそういうお前を、俺は自慢に思うとるで」

「夏神さん……」

「わたしにとっても、海里様は自慢の主《あるじ》であらせられますよ」

思いがけず心のこもった優しい言葉を貰って、海里は動揺のあまり、何故か地団駄を踏んでしまう。

「うう、なんだよ、二人して俺を急に甘やかして。泣かす気か！」

「泣いてもええで～」

「よろしゅうございますよ！」

「絶対泣かねえ！」

二人にチームワーク抜群の「弄《いじ》り」を受けて、海里は負けず嫌い丸出しで意地を張る。

チーン！

そのとき、絶妙のタイミングで澄んだ音を響かせたのは、電子レンジだった。

「……豚肉、解凍完了でーす」

半ばふて腐れつつも、海里は豚肉のバッグを取り出し、調理台へ運ぶ。夏神は、笑いながら言った。

「運びついでに、細う切り揃えてくれ。青椒肉絲《チンジャオロウスー》を作るときくらいの感じや。めんどくさいやろけど、脂身は取れるだけ取ってくれ。冷めても脂がネトネトせんように」

「あー、了解。確かにめんどくさいけど、いい稽古《けいこ》になるな」

海里は小さめのまな板と愛用のペティナイフを出してきて、形が一定しない切り落としをできるだけ太さ、長さを揃えてスライスする練習を始める。

そんな海里に、夏神は探るような口調でこう訊《たず》ねた。

「そう言うたら、昼間、大慌てで飛び出していったやろ。朗読のレッスン、遅刻したん違《ちゃ》うか。先生に怒られたんか？」

いきなり痛いところを突かれて、海里は肉を切る手を止めず、口をへの字に曲げた。

「んー、三分遅刻して、軽く怒られた」

「ははーん。やっぱしそうか。それで、帰ってきてから、なんや浮かん顔しとったんやな。あのお客さんが、サインくれて言わはるまで」

「……そんなあからさまに凹《へこ》んでた？　俺」

「や、やることはちゃんとやっとったで。そやけど、なんや『屈託あります！』みたいな顔しとった」

「何それ。あー、接客業なのに、プライベートのマイナス感情を見せちゃダメだよな。ごめん。反省する」

海里はやはり肉から視線を外さず、しかし素直に謝る。だが夏神は、「そうと違《ちゃ》うねん」と太い眉《まゆ》を軽くひそめた。

「仕事に響くほどやなかった。俺やらロイドやらが見て、かろうじてわかる程度や」

洗い物を再開したロイドも、小さく頷《うなず》いて同意する。どうやら二人とも、いつもと少し様子が違う海里を心配しつつ、何時間かを過ごしていたらしい。

「そやけど、三分遅刻しただけで、そない凹むほど怒られたんか。まあ遅刻はあかんけど、厳しい先生やなあ」

「あ、違う違う。それはまた別の話。怒られたからっていうか、慣れた頃に遅刻する、絵に描いたみたいな弛《たる》み方してる自分に腹が立ったってのはあるけど、引きずってんのはそれじゃない。それに、俺は凹んでたんじゃなくて、何て言うか……困ってたんだ。今もずっと困ってる」

「困る？　何にや」

「何か、わたしどもでお力になれるようなことでしょうか？」

　夏神とロイドに両側から心配されて、海里は戸惑い顔で手を止めた。

「いや、何て言うか……完璧《かんぺき》に俺の内面の問題なんだけど、でも、お客さんがいない今、ささっと話してもいいかな。喋《しゃべ》ると頭の中身が整理整頓《せいとん》できる気がする」

　二人が勿論《もちろん》だというように大きく頷いたので、海里は今日のレッスンのことを掻《か》い摘《つ》まみ、恥を忍んで葛藤《かっとう》を打ち明けた。

「……ってわけでさ。腐っても役者だった人間が、今そこ!?って呆《あき》れられそうなんだけど、淡海先生に貰った『役』が、自分から遠すぎて理解できないし、好きにもなれ

ないタイプだしでずっと困ってたんだ。それを倉持さんにズバッと指摘されちゃって」

　話を聞きながら、夏神はさっき糸コンニャクを茹《ゆ》でた鍋《なべ》をロイドに洗ってもらい、水気を拭《ふ》いてから弱火にかけた。

　そこに米油を少し垂らして、喋っているあいだも海里が丁寧に切り続けた豚肉を投入し、じっくり炒《いた》め始める。

「そやけど、それこそ役者なんて、自分が経験したことのない役柄を演じなあかんもんやろ。刑事やっとる俳優が警察出身なんてことはまあ滅多にないやろし、それこそ料理人とかも……いや、料理人はまああるか。他にも軍人やら医者やら詐欺師やら。何でもありやないか」

　夏神の指摘に、海里は最後の肉片を切り、それは自分の手で直接鍋に放り込んでから、渋い顔で同意した。

「それはそう。だから知らない世界の人間を演じるときは、みんな色んな方法で情報を集めて、チャンスがあればその道のプロにインタビューして、できればちょっとだけ現場を見せてもらったり、可能なら作業を体験させてもらったりして、役作りをしていくわけ。まあ、俺は刑事ドラマのちょい役とか、ゲスト出演の高校生の役くらいしかさせてもらえなかったから、役作りなんてレベルの仕事はほとんど経験してないんだけど」

「ですが、海里様。ミュージカルをおやりになったときは、かつてファンだった方に、『まさに、マンガのキャラクターそのもの』とお褒めをいただいていたではありませんか。あれは、役作りの最たるものでは？」

「ていっ」

海里は軽くではあるがロイドに体当たりしてシンクの前からどかし、肉の脂で汚れた自分の手とペティナイフとまな板を洗いながら言い返した。

「あれは確かに役作りを滅茶苦茶《めちゃくちゃ》頑張ったよ。だけど、倉持さんにも言ったけど、あのときの役と俺とは、とにかく年齢が近かったんだ。で、でっかい夢に向かって走ってるってところも一緒だった。根っこがすげえ似てたから、すうっと入っていけたんだよな」

「ああ、なるほど。わたしも、人の姿になりたい眼鏡の役が来たら、たいへん見事に演じられる気が致します」

「そんなキャラクター、どういうドラマだったら現れるのか、こっちが知りたいわ。つか、そうなんだよ。自分と近ければ近いほど寄せやすいのは当たり前だし、そのキャラが俺なら絶対やらないようなことしても、ああ、こういう想いでこうなったんだなって推測しやすいだろ。つまり、キャラクターの物の考え方とか行動パターンを、自分のものとして演じられるってわけ。ミュージカルのときは、メイクとトレーニン

グでルックスや体格もキャラに寄せたから、余計、役に入っていきやすかったしな」

「納得です。では、今回の朗読で、海里様が演じられる役柄は……ていっ」

海里が洗い物を終えたタイミングで、今度はロイドが手袋をはめた両手を上向けた外科医のポーズで体当たりを返し、シンク前のポジションを奪還する。

素直に軽く吹っ飛ばされた海里は、洗い終わったものを拭くべく、洗い立てのクロスを広げながら答えた。

「マンガやアニメのキャラクターなら、ある意味、人物像やルックスや目的が凄《すご》く特徴的だから寄せやすい。性格が極端だったり、目立つ癖があったりするしな」

「ふむふむ。お役ではありませんが、海里様がかつてやっていらした『ディッシー！』のようなものも……」

「中途半端に上手《うま》い物真似すんな。いやでも、そうだな。あれも、爽《さわ》やかで朗らかな、架空のお料理お兄さんの役だったな。だいぶマンガに近かったかもしれねえわ」

海里は過去の自分の軽薄な姿や振る舞いを思い出し、やれやれと頭を振って話を続けた。

「職業ものなら、取材と実地体験で寄せやすい。ファミリーものでも、うち、色々あったから、経験値で寄せられるところがある。けど……今回のは、純粋な恋愛ものなんだよ。しかも、甘酸っぱいやつじゃなくて、こう、大人の不実とか裏切りとか駆け

引きとか疑惑とか……まあ、ハッキリ言えば、俺が演じるのは、二股《ふたまた》かけて平然としてる旦那《だんな》の役なわけ」

それを聞いて、ロイドは大袈裟《おおげさ》に顔をしかめる。

「海里様がお稽古をなさっているのをときおり拝聴しておりましたが、物語の根本がそのようなこととは存じませんでした。妻帯者の不実はいけませんな」

海里も大きく頷く。

「いけませんな！　まあ、結婚してても他の人を好きになる可能性はある。そこはまあ、ギリ理解する。だけど役柄の『夫』は、最後までそれを悪いことだとは思わずに、奥さんともうひとりの女性を平等に愛していれば構うまいってタイプの人なんだ」

豚肉にしっかり火が入って軽い焼き色がつき、鍋肌に肉のエキスが茶色くこびりついた頃に、夏神は糸コンニャクとしめじを投入し、ざっと炒めた。両方から出る水分で、鍋肌についた焦げ付く寸前のエキスを溶かして綺麗《きれい》にこそげ、それから水を少なめに入れる。

鍋から、ジューッという音がして、今度は香ばしい、いい匂いの湯気が立った。

「いや、構うやろ。本人はようても、女性たちは構うやろ」

その湯気の匂いを嗅《か》ぎながら、夏神はムスッとした顔で断言した。海里も同意する。

「だよなあ。本人の悪びれなさにいい感情は一切ないし、理解もしにくい。それでも、

普通の芝居なら、ちょっとはごまかせるかもしれない。力業《ちからわざ》で役を作ってしまえるかも。だけど、今やってんのは朗読だろ。声にすべてを込めて、すべてを表現しなきゃいけないいんだよ。だから滅茶苦茶難しいし、俺自身の外見を役に寄せていくってこともできないんだわ」

「あー」

ロイドと夏神の口から、同時に同じ一言が発せられる。

海里は、いつも日替わり定食の主菜を盛りつける皿を一枚ずつ丁寧に拭きながら、力なく首を振った。

「俺は独身だし、二股かけたことも誓ってないし、『夫』の気持ちとか行動とかが理解しきれないっていうか……。理解できないから、当然、共感もないよな。俺と『夫』はずーっと遠いままなんだ」

「ふむふむ。つまり、海里様は恋愛経験が乏しいがゆえに、さような大人の心の機微がおわかりにならないと！　それは大問題ですな。子供が急に大人になれと言われても、それは無理なお話かと」

実に年長者らしい言いようであり、実際年長者ではあるのだが、何しろ相手は眼鏡である。海里は不服そうに口を尖《とが》らせた。

「せっかくふんわりした言い回しを心がけてんのに、ズバッと言うな！　つか、お前

だって恋愛経験はないだろ！」

ロイドは、出来の悪い生徒を見るような顔つきで海里を見返し、サラリと言い返した。

「わたしは眼鏡でございますからねえ。魂を宿した美しい他の眼鏡と出会えました折りは、素敵な恋などしたいと思いますが、なかなか……」

「そ、それはなかなか難しいかな」

「で、ございましょう？　それに、わたしは唯一無二の、よくできた眼鏡でございますしね」

「その揺るがぬ自信、マジで羨《うらや》ましいわ。お前のほうが、芸能界に向いてんじゃね」

イヤミではなく本気でそう言ってから、海里は、竹の菜箸《さいばし》で煮物をさばき、均等に味が滲《し》みるように時々混ぜている夏神に視線を向けた。

「夏神さんは、俺より人間として長く生きてるけど……」

「人間としてっちゅうんは、ロイドとの比較か。まあ、ロイドほどやないけど、お前よりは確かに長いわな。そやけど、誓って二股の前科はあれへんで。したいとも思わんし、平気でする男の心理なんぞ、わかりとうもないわ」

軽く想像しただけで腹立たしかったのか、夏神は太い眉根《まゆね》をぐっと寄せてそう言い切った。

「うあー、そうだよなあ。夏神さんは俺以上に、一筋タイプだもんな。くう、この店には、俺に助言をくれる人がいない！」

海里の嘆きに、夏神は苦笑いした。

「すまんな、恋愛経験が乏しい大人で。そやけど確かに、朗読いうんは、声だけで全部表現せんとあかんねんから、大変なことやな」

拭《ふ》き上げた皿をどんどん重ねつつ、海里は頷《うなず》く。

「まあ、小説の朗読だと地の文っていって、こう、『メロスは激怒した』みたいな奴が入るから、ある程度、登場人物の状況とか気持ちとかはそこで解説されるわけ」

「ああ、そやな」

「だけど今回は、朗読用に淡海先生が書き下ろしてくれたから、ほぼモノローグと会話からできてる、まあ会話劇なんだよね」

「ほな、舞台の説明も何もなしか」

「ほぼ、ないな。勿論《もちろん》、モノローグや会話の中でわかってくることもたくさんあるけど、言い回しとか言葉の選び方とかから、キャラクターの性格や置かれた状況が伝わるようにしなきゃいけないんだ」

夏神は、顔の造作をすべて中央にまとめるような顰《しか》めっ面《つら》で、片手を手ぬぐいの上から頭に置いた。

「そら難儀や。キャラクター像が摑《つか》まれへんかって、お前が悩むんも道理やな」

「でしょー。でも、俺にはこのキャラ、大人過ぎて無理ですなんて白旗、絶対に揚げたくねえし。淡海先生が倉持さんと俺のために書き下ろしてくれたんだから、何としてもやり遂げなきゃ」

　ロイドは、そんな主《あるじ》を頼もしそうに、しかしやはり心配そうに見た。

「倉持先生のほうは、如何《いかが》なのです？」

「共感できるって！　演じる『妻』に年齢も近いし、二股かけられた経験もあるしってさ」

「おや。それは重畳と申し上げていいのかどうか」

「今の旦那さんに出会う前だって言ってたから、いんじゃね？　だからさ、倉持さんのパートを間近で読まれると、人物の解釈の深さの差を突きつけられて、ベコベコになっちゃうんだよ、俺」

　海里は拭きかけの皿を持ったまま、深い溜《た》め息《いき》をついた。

「勿論、朗読の技術に凄い差があることはわかってる。でもそれ以上に俺に足りないのは、解釈と理解と共感なんだ。それがないと、キャラクターとひとつになれない。想像でカバーしようとしても、昼間に倉持さんに言われたみたいに、薄っぺらいもので終わっちゃうし」

菜箸で鍋底《なべぞこ》をすっとなぞり、煮汁がいい感じに煮詰まってきたことを確かめて、夏神は火を止めた。その太い眉《まゆ》の間には、さっきからずっと浅い縦皺《たてじわ》が刻まれたままだ。

「朗読の師匠は、その方法を教えてくれはらへんのか？」

「考えてみるって言ってくれたけど、でもやっぱ、こういうのに決まった方法はないんだと思う。自力で色んな方向からトライしてみなきゃな。その試行錯誤の方向性でまず迷っちゃってんだけど、自分の恋愛経験が乏しいなら、他人の経験を取材するしかないって思えてきた。芝居に利用するために恋愛するとか、最悪だし無理だから！」

「そやそやろ。そないなことしたら、店の外までどつき回すで」

そこは厳しく釘《くぎ》を刺してから、夏神は煮物にぱっぱっと軽く一味を振りかけて、情けない口調で付け足した。

「俺は、その取材には役に立たれへんなあ。今も昔も、山で死んだ彼女一筋やからな！」

「デスヨネー」

毎月、亡くなった恋人に「会いに行く」ため、スーツ姿で墓参する夏神の姿を見ているため、海里は納得の表情で応じる。

「わたしも、残念ながら……」

「お前の話は、万が一、俺が眼鏡の恋愛事情を演じる羽目になったときに頼むわ」

「そうでございますね、その折りには存分にお力になりましょう」

「おう。まあ、たぶんないとは思うけど。っつーわけで、誰に取材すっかな」

ロイドのコメントを軽く流した海里は、積み重ねた皿を食器棚へと運ぶ。

「当の淡海先生に取材したらどないやねんな」

夏神はそう言ったが、海里は振り返って、嫌そうな顔をしてみせる。

「それもなんか、作家先生に『俺には役が摑めません、これじゃ演じられません』って泣きつくみたいで格好悪いだろ。もうちょっとこう、その前に……あ、そうだ。マスター」

「あ？　俺か？」

「じゃなくて、『シェ・ストラトス』のマスター。砂山さんはどうだろ。明日《あした》、ちょうど水曜日で、朗読イベントの手伝いに行くからさ」

海里から色々話は聞いているものの、まだ「シェ・ストラトス」のマスターである砂山悟に会ったことがない夏神は、「その人は、恋愛経験豊富なんか？」と首を捻《ひね》る。

海里は食器棚の扉を開け、所定の場所に皿をそろりと収納しつつ答えた。

「んー、わかんないけど、砂山さん、あの店を開く前は、テレビマンだったんだって。だからまあ、言うならば華やかな世界にいたわけじゃん。今は愉快なおじさんっぽい

雰囲気だけど、若い頃は色々やらかしてるかもしれないし！　うん、あの人に聞いてみよう」

　夏神とロイドに悩みを打ち明けているうちに、山積している問題が少しは整理され、行動の取っ掛かりが見つかったらしい。

　さっきよりはずっと明るい表情になった海里に、夏神とロイドはひとまず安堵《あんど》の視線を交わしたのだった。


　そして翌日、水曜日の夜。

　倉持悠子がステージに立ち、朗読を披露している間、海里はそれに耳を傾けることはできるが、専念することは残念ながらできない。

　相変わらず人手が足りない「シェ・ストラトス」では、調理にも接客にも慣れている海里は、願ってもない戦力として期待されているからだ。

　入ってくる客をライブイベントの妨げにならないよう上手に席に誘導したり、手を挙げて合図する客のもとに飛んでいき、小声で注文を取ったり、料理を運んだりは勿論、砂山の手が回らないときは、調理補助も買って出る。

　最近は、アルバイトの大学生が毎週ではないが入るようになり、少しは余裕ができたとはいえ、なかなかの忙しさだ。

とはいえ海里にとって、倉持悠子との間を取り持ってくれたマスターの砂山は大恩人である上、「ばんめし屋」とはまた違う客層の人たちと触れ合うことができて、再び演技の勉強を始めた海里には大いに刺激的な、もう一つの「職場」である。

朗読イベントが始まる直前は、悠子のサポートと接客で目が回るような慌ただしさだが、いったん始まってしまえば、客の出入りも注文も落ち着き、厨房《ちゅうぼう》の内部環境を整え直す余裕も出てくる。

回収したグラスを静かに洗いながら、海里はさっそく、カクテルを作る砂山の背中に、「マスターの恋愛経験を取材させてほしいんですけど」と切り出してみた。

今夜も、どこで買ってくるのか首を傾げたくなるほど派手な、龍虎《りゅうこ》ならぬ西洋のドラゴンと大きな熊が格闘している奇妙な意匠のセーターを着込んだ砂山は、シェーカーをいったん作業台に置き、小柄な身体全体で驚きを表現してみせた。

「なんだって？　このキュートで小柄なおじさんに恋愛経験を聞きたがるなんて、今の君は、世界で十四番目くらいに面白い人だよ」

「微妙なラインだな、十四番目って。それって、恋愛経験があるのかないのか、どっちなんですか？」

めげない海里の追及に、砂山は今度はすぐには答えず、シェーカーを振ってカクテルを作り、グラスに注いで横目で海里を見た。

「ハートランドビールと柚子《ゆず》のマルガリータ、六番テーブル」

「かしこまり〜」

やむなく、海里は小さなトレイに飲み物を載せ、足音を忍ばせてホールに運んだ。

暗い客席とは対照的に、ピンスポットライトに照らされた倉持悠子は、今夜もクラシックな木製の椅子に端正に腰掛け、淡海五朗の短編を朗読している。

その物語は去年ドラマ化されたのだが、たったひとりで演じる朗読で聞くと、たくさんの俳優が演じるドラマとは、また一風違った味わいがある。

朗読を楽しんでいる客たちの興を削《そ》がないよう、細心の注意を払って飲み物を提供した海里が厨房に戻ってくるなり、砂山は五十代という年齢のわりにつるっとした顔に何の表情も浮かべず、フラットにこう言った。

「ない」

「はい？」

「恋愛経験は、実質、ゼロ」

今度は、「ゼロ」に妙に力がこもっている。砂山の微《かす》かな怒りを感じとり、海里は慌てて謝った。

「すいません。不躾《ぶしつけ》な質問でした」

「ホントだよ。でも……アレなの、芝居絡みなの？」

「朗読で、キャラクターを摑《つか》むためのヒントを探してて……。俺、恋愛経験が乏しいもんで」

「なるほどねえ。でも、そりゃそうでしょう。昔みたいに『色事は芸の肥やし』なんて考えを持つ人は少ないからね。君みたいなイケメン俳優は、クリーンなイメージが必須《ひっす》だったでしょ？　恋人はファン、みたいな」

「それもありますけど、恋愛より楽しいこととか、優先度と重要度が高いこと、いっぱいあったもんで」

海里の正直過ぎる告白に、砂山は声をひそめたまま、ひゃひゃひゃひゃ、と変な笑い方をした。

「この国の少子化が止まらない理由の一つはそれかもね。恋愛より楽しいこと、この世にはたくさんあるよねえ、わかるわかる」

海里はいささか困惑しつつも、興味を惹《ひ》かれて「不躾な」問いをまた重ねた。

「それって、マスターに恋愛経験が実質ゼロなのも、恋愛より楽しいことがあったからなんですか？」

すると砂山は、うーんと頭を左右に二度倒してから、シンプルに答えた。

「テレビマンの仕事、ハードだったからねえ。育ちかけた芽が摘まれるほどに」

「……っていうと、仕事が忙しすぎて、恋愛が駄目になった？」

「恋愛っていうか、結婚が」

「うわ、重ッ」

「君が聞きたがったんでしょうが！」

「すいません、どうぞ、続きを」

海里は薄いワイングラスを慎重に洗いながら、次のカクテルを作り始めた砂山に半歩近づく。

そもそも激烈に狭い厨房なのでまったく必要のない動きだったが、より近くで砂山の話が聞きたいという気持ちの表われである。

砂山も、細長いグラスに氷を砕いてぎっしり詰めながら、小さな声で打ち明けた。

「アシスタントディレクターをやっていた頃は、忙しくて出会いの場なんかなくてね。郷里の親がセッティングした見合いでようやく結婚したんだけど、直後に長期出張を命じられたんだ」

「ＡＤに長期出張とか、あるんですか？」

こちらも小声で驚きを伝える海里に、砂山は懐かしそうにしんみり笑って答えた。

「特殊なケースだよ。若い二人組の芸人が、無人島で一年のサバイバルライフを敢行するっていう企画でね。僕は、彼らと共にその島で生活しつつ、あらゆる出来事を映像で記録する仕事を言いつかった。今で言うところの、リアリティ番組の走りみたい

なやつだよ」

「うわ、ハードだなあ、それ」

「ハードだってことは最初からわかっていたけど、僕はとってもやりたかった。バラエティ番組の仕事で、上司にも出演者にも虫けらみたいな扱いを受ける日々に擦り切れていたから、そこから逃げ出したかったんだ」

「う」

　海里は気まずそうに口ごもる。

　確かに芸能人時代、若いアシスタントディレクターたちに謂《いわ》れのない横柄な態度を取っていたことを思い出したからだ。

　海里の後悔と困惑の表情から、だいたいの事情は察したのだろう、砂山はむしろ気の毒そうに「大丈夫だよ、君だけじゃないから」と慰めの言葉さえ口にして、昔話を再開した。

「僕が独断で引き受けたものだから、新妻になった人は怒ってねえ。でも、仕事のことは相談したってどうしようもないじゃないか……そう言って意気揚々と僕は無人島に単身赴任しちゃったんだ」

「……それ、嫌な予感しかしないんですけど」

「まあ、そうだよね」

砂山は呑気《のんき》そうに笑い、カクテルに飾るためのオレンジの皮を、小さなナイフで薄く切り始める。

「無人島生活は思ったより過酷で、楽しいことも勿論《もちろん》あったんだけど、つらいこととか過酷なこととかのほうがずっと多くて、結局芸人の片方が酷《ひど》く体調を崩したものだから、企画は半年で終わりを告げたんだ。僕は、その責任を押しつけられた感じでね。すごすご東京に戻ってみたら、待っていたのはがらんどうの部屋と妻が捺印《なついん》済みの離婚届と、床に置かれた弁護士の名刺だけだったね」

砂山の口調は淡々としてむしろ明るかったが、海里はどうにもこうにも気の毒そうに、「そりゃ、大変でしたね」とだけ言った。

「大変だったのは、ひとりで悩んで決断した、妻だった人のほうだと思う。以来、連絡すら取ってないけど、幸せに暮らしていてほしい」

「そうっすね」

どうにも口が重くなる海里を面白そうにチラと見やり、砂山は言った。

「そんなわけで僕は、自分には家庭を持つ資格がないと痛感して今日に至るわけだよ。こんな話、参考になるかい？」

「いや……すいません。正直、どっちかっていうと、海千山千みたいな話が聞けるかなって期待してたんですよ、俺。砂山さん、人当たりがいいから凄《すご》くもてそうだし」

落胆を隠せない海里に、砂山は気を悪くする様子もなく切り返した。

「おいおい、頼むよ五十嵐君。僕のように小さくてキュートで愉快なお兄さんだった人間は、おじさんになるまで、ずーっと賑《にぎ》やかしなんだよ」

「賑やかし……」

「そう。枯れ木も山の何とか。場を和ませて盛り上げて、いけてる男たちをさらに素敵に見せる道化役。テレビの仕事をしているときも、プライベートでも、役回りは同じなの」

「いや、そんな。砂山さん、俺には素敵な生き方してる人に見えますよ」

海里は本気でそう言ったが、砂山は片手をヒラヒラ振って小さく笑った。

「ありがとう。お世辞でも嬉《うれ》しいよ。でも、まったくお役に立てなくて悪かったね」

「いえ、その」

海里が慌ててフォローしようとしたそのとき、ホールに待機していたアルバイトの青年が、客からの注文を取ってきた。

「オーダーでーす。一番テーブル、ビール……えっと何だっけ、ポール・マッカートニーじゃなくて」

「パウラーナー？」

「そう、それです！」

砂山の助け船にほっとした様子で、青年は注文票をひそひそ声で読み上げる。

「それ二本と、ツナサンドとハムサンド一人前ずつ。それから五番テーブルは、コーラ二本とチーズ盛り合わせ、あとアンチョビとジャガイモのオーブン焼き、チーズ多めで。以上っす」

「了解。僕はフードのほうをやるから、ドリンクの準備をお願いできるかな」

「わかりました！」

今は、「不躾な質問」に対する砂山の誠実な返答に、お礼と改めての謝罪をしている暇はなさそうだ。海里は頭を切り替え、奥の極小キッチンに入っていく砂山を見送って、グラスを出し始めた。

と、入り口の扉が開いて、新たな客が入ってくる。

「いらっしゃいませ」

アルバイトの青年と海里は小声で歓迎の挨拶《あいさつ》をしたが、海里のほうは、そのままの勢いで「先生!?」と驚きの声を追加した。

入ってきたのは、まさかの人物……淡海五朗だった。

癖のあるもじゃもじゃ髪を片手で撫《な》でつけながら、相変わらず長身痩軀《そうく》の淡海は、「や、こっちで会うのは久しぶりだね」と片手を軽く挙げ、ステージに遠慮して囁《ささや》き声で海里に挨拶した。

一時は、生活の主な場を東京に移していた淡海だが、その間の自宅の荒れ具合にショックを受けた様子で、ここ数ヶ月は足繁《しげ》く芦屋に戻ってきているようだ。

しかし、彼がこの「シェ・ストラトス」の朗読イベントに姿を見せたのは、海里が知る限り、これでまだ二度目である。

「どうしたんですか、こんな早い時間に先生が出歩くなんて、珍しいですね」

「人を超夜行性の動物みたいに言うんじゃないよ、五十嵐君」

面白そうに笑って、淡海はステージのほうをそっと指さした。

「悠子さんが、せっかく僕の作品を読んでくれているんだ。聞きたいじゃないか。マスターが今日はわりに空《す》いているというから、思いきってお邪魔したんだ。テーブルはまだあいている？」

「大丈夫です。ご案内して」

海里がアルバイトの青年にテーブルへの案内を託すと、淡海は「じゃ、あとでね」と言い残していそいそと客席へと向かった。

蜘蛛《くも》のように細長い手足を持て余し気味に歩くその後ろ姿を見送り、海里は思わず黒いエプロンの胸元に手を当てた。

「焦った……。まさか、淡海先生がここに来るなんて」

しかし、彼の心には、驚きと共に、「ここはひとつ、素直になれ」と自分自身を諭

す声が響いていた。

昨夜は、「せっかく作品を書き下ろしてくれた先生に、役が摑《つか》みきれないなどという泣き言を言いたくない」と意地を張った海里だが、一日経って考えてみれば、そんな虚勢を張ることに意味はない。

むしろ、作品を書いた本人である淡海に、正直に今の葛藤《かっとう》を打ち明け、あの作品を執筆するに至った経緯などを聞かせてもらえば、何か「夫」に近づく有力なヒントが得られるのではないだろうか。

(うん、この際、格好悪いなんて見栄《みえ》は捨てよう。俺、今度こそはがむしゃらに頑張るって決めたんじゃないか。格好悪くても、俺はもう五十嵐カイリじゃないんだから、いいじゃないか。経験値不足も才能不足も、何もしなけりゃどうにもならない)

「……頑張ろう」

自分自身にそう言い聞かせ、海里はカウンターから身を乗り出した。そして、ホールの隅っこに立っている退屈そうなアルバイトの青年に、ドリンクの用意ができたと手振りで合図を送った。

悠子の朗読イベントが終わり、直後の注文が立て込むひとときをどうにかクリアしてから、海里は二人掛けの小さなテーブルに着き、カクテルのグラスを静かに傾けて

いる淡海のもとへ行った。

海里に気付くと、淡海は鷹揚《おうよう》な笑みを浮かべ、「どうぞ」と向かいの席を指した。

「んじゃ、ちょっとだけ。すぐ仕事に戻るんで」

ペコリと頭を下げ、海里は席に浅く腰掛けた。

「素晴らしい朗読だったね。この場所に、とても似合っている」

そんな簡潔な淡海の感想に、海里も心底同意した。

「俺もそう思います。倉持さんはよく、お客さんが飲み食いしながらリラックスして楽しめるように、でも時々ピリッと軽く締めたい、って言ってます」

「そのとおりの空気感だった。僕は正直、ドラマ版より彼女の朗読のほうが好みだな。キャラクターについて、聞き手が想像したり、考察を掘り下げたりする余地がある。余白が広い、とでも言えばいいんだろうかね。勿論、ドラマの視覚的効果は素晴らしいし、そこは否定できないんだけど、どうしても即物的な感じにはなるよね」

そんな淡海の意見は、海里にとってはまさに渡りに船である。

「あの、それに便乗するみたいな感じで申し訳ないんですけど、ちょっとだけ、お訊《き》きしていいですか？」

「いいよ、何だい？」

淡海が快く承知してくれたので、海里は、今の悩みを打ち明け、何か役を摑むため

のヒントかアドバイスを貰《もら》えないかと頼んでみた。

　じっと耳を傾けていた淡海は、海里が話し終えると、「ふうん」と、どこか不思議そうな顔つきでこう言った。

「悠子さんは、自分の経験をもとに役を作るタイプなんだね」

「たぶん。さっきも楽屋でその話にちょっとだけなったとき、『想像の翼は、経験っていう足場があってこそ広げられるものではないかしら』って言ってました。何もないところからは、飛び立てないって」

「ああ、さすが女優、いい言葉だ。ちょっと待って」

　淡海は仕立てのいい、それでいてくたっとしたカジュアルさのあるジャケットのポケットを探り、メモ帳を引っ張り出した。そして、付属の小さなペンで、悠子の言葉を素速く書き付けた。

「あとで悠子さんに、僕の作品に使っていいかどうか訊こう。本当にいい言葉だ。それで、君も経験値を求めているの？　『夫』よろしく、二人の女性を同時に愛そうとか思ってる？」

　またしてもそんな問いを食らい、海里は即座に否定する。

「や、それ無理なんで。たとえ告白抜きでも、二人を同時に好きになるとか、ちょっとないですね」

「おや、何とも純真な」

「そういうこっちゃなくて、俺、たぶんそこまで恋愛に生活リソース割けないっていうか、他にやることや考えることが山ほどあるっていうか……」

「だよねえ。現代の若者は過酷な世界に生きているからね。寝ても覚めても恋のことばかり考えていられるほど、みんな暇でもリッチでもない」

真顔で海里の言い分に理解を示した淡海は、少し考えてから静かに言った。

「悠子さんの言葉には一理あるけど、僕は、想像を経験で裏打ちする必要がある、という説には賛同しかねる」

意外な発言に、海里は目を剝《む》く。

「マジですか！」

「勿論《もちろん》、できる範囲のことは、経験したほうが表現しやすいだろうとは思う。でも、僕だって恋愛経験は誇れるほどないし、二股《ふたまた》をかけたことも誓ってない。つまり、自分の経験談を小説にそのまんま書いたわけじゃないんだよ」

当たり前だろうと言いたげに、淡海は両手を軽く広げてみせる。

「やっぱり？　じゃあ、どうやって『夫』のキャラメイクをやったんです？」

「そりゃ、想像の産物だよね」

「百パー想像？」

「百パーとは言い難いかな。僕自身に経験はなくても、知人にひとりやふたり、そういう恋愛癖の悪い男はいるものだよ。それがベースにはなっていると思う」

「つまり、取材ですか」

「飲みながら武勇伝を聞くのを取材というなら、そうだね」

「……その程度で、あれが書けちゃうんですか？」

「書けちゃったねえ」

海里はすっかり混乱してしまい、両手で頭を抱える。

そんな海里を、気の毒と面白いが相半ばする微妙な表情で見ていた淡海は、「これが君の助けになるかどうかはわからないけれど」と前置きして、こう言った。

「明日《あした》の午前、僕はとある男性に取材させていただくんだけど、君、アシスタントとして一緒に来るかい？　小説のための取材がどんなものかを実際に見れば、僕がここであれこれ言うより得るものがあるかもしれない」

藁《わら》をも摑む心境の海里に、そのありがたい申し出を断る理由など、あるはずがない。

「マジですか！　是非、行かせてください」

そう言ってガバッと頭を下げた海里に、淡海はニッコリして頷《うなず》く。

「では、明日九時に僕の自宅に来てくれるかい。そこからタクシーで向かうからね」

「了解です！」

　海里が張り切って返事をしたところで、アルバイトの青年が「すいません、厨房《ちゅうぼう》大変です」と呼びに来る。

　慌てて駆け戻る海里の姿を目で追って、淡海は細い目をさらに細めた。そして、「あの姿が、僕にとってはもう取材だなあ」と呟《つぶや》き、再びメモ帳を開いたのだった。

三章　魂の追跡

翌日、午前九時十分前、海里は淡海邸の前に立っていた。

天気は上々、絵に描いたような秋晴れで、青い空のごく一部に羊雲が浮かんでいるのが、本物の牧草地のようで面白い。

これが週末なら格好の行楽日和だろうが、今日はまだ木曜日である。

昨日、「シェ・ストラトス」での仕事を終えて「ばんめし屋」に戻り、明け方まで働いていた海里は、充血した腫《は》れぼったい目をして大欠伸《おおあくび》をした。

「ふわあああ……ねむ」

午前中に海里が外出することを知った夏神は、何度も「はよ上がって寝たらええで」と言ってくれた。しかし、ただでさえ営業時間内に他の店に行かせてもらっている海里には、それ以上夏神の厚意に甘えることはできなかったのだ。

「くそ、テレビに出てた頃は、一徹どころか二徹くらいは余裕だったのにな。いつの間にか徹夜力が鈍ってる」

そんな海里の嘆きに応《こた》える声は、彼のジャケットの胸ポケットから聞こえた。

『徹夜力など、ないほうがお体にはようございますよ。やはり、夏神様の仰《おつしや》るとおりにして、早々とおやすみになったほうがよかったのでは？』

声の主は、言うまでもなくロイドである。

昨夜、店に戻ってきた海里から淡海の取材に同行すると聞いたロイドは、何故か、自分も行くと主張してきかなかった。

いつものような、何か面白そうなことを共に経験したいという好奇心からのおねだりではなさそうで、やけに真剣に「理由はあとで申し上げることになろうかと存じますが、何がなんでもご一緒したいのです」と訴えるその迫力を、海里は無視することができなかった。

幸い、眼鏡の姿でいさえすれば、誰の目にも留まらない。取材相手も淡海も、ロイドがそこにいることには決して気付くまいと、こうして同行させている。

「そんなにサボってばっかりいられないだろ。俺、これでも『ばんめし屋』の従業員なんだぞ。仕事はちゃんとしなきゃ」

『その意気や善し、でございますが、いささか心配ですよ』

「大丈夫だって。この程度の寝不足は、週末取り返せる」

『お若い方は、そうやってご自分の体力を過信なさるのがどうにもいけません！　わ

たしとて、歳若い眼鏡の頃は……』

　ロイドは年長者ぶって小言を言おうとしたが、海里は「しっ」と口元に人差し指を当てた。

　門扉の向こう、けっこう遠くに見える家の中から、淡海が出てきたのである。

「ここから先は、声を出すなよ」

『心得ておりますよ』

　ロイドはポケットの中で一度、小さく震えてみせた。その後は、ピクリとも動かない。もともと眼鏡なので擬態ではなく本来の姿で過ごしているだけなのだが、海里としては「上手《うま》くただの眼鏡に化けている」と言いたい衝動にかられる瞬間だ。

「やあ、おはよう。もうじきタクシーが到着するそうだよ」

「おはようございます」

　こちらも少し眠そうに、ただでさえ細い目を糸のようにして現れた淡海に、海里は軽く頭を下げて挨拶《あいさつ》をする。

　その海里の頭からつま先までジロジロと見て、淡海はようやく虹彩《こうさい》が見える程度に目を見開いた。

「今日は、いつものカジュアルファッションとはひと味違って、大人な装いだね。そういうのもよく似合ってる」

その褒め言葉に応えるように、海里は芸能人時代に雑誌の撮影でよくやっていた、気障《きざ》な立ちポーズをとってみせる。

「先生に、どんな格好で行けばいいかお訊《き》きするのを忘れてたもんで。今朝、夏神さんとも相談したんですけど、先生はともかく、助手がスーツってのは、ちょっとお堅いかなって。だから、ノーネクタイで、ちょっとカジュアルだけどきれいめのジャケットを着てみました」

遊び心のあるチェック柄のジャケットをアピールする海里のポーズに、淡海は面白そうに拍手を送った。

「とてもいいチョイスだと思う。堅苦しくなくて、気持ちが明るくなる色彩だね。差し色が黄色なんて、なかなか着こなせる人はいないよ」

そう言う淡海は、薄手の黒いタートルネックセーターの上に、海里のものよりはシックな、グレーのややソフトな印象のジャケットを着ている。

いかにも、大人のアーティスト然とした服装だ。

「先生も、かっこいいっすね。いつも思うけど、先生、身につけるものが意外なほどお洒落《しゃれ》なんだよなあ、悉《ことごと》く」

海里の褒め言葉に、淡海は悪戯《いたずら》っぽく笑って種明かしをした。

「ふふ、嬉《うれ》しいけど、僕のセンスじゃないんだよ。番組に出るとき、スタイリストさ

んがコーディネートしてくれるだろ。それをそのままセットでお買い上げして、ひとまとめにハンガーに掛けておくのさ」

「ああ、なるほど！　頭いいな、それ」

「プロのお眼鏡に適《かな》うデザインと品質の服が、場合によっては割引価格で手に入る。しかもセンス抜群、組み合わせ完了済みなんて、夢みたいな話じゃないか。僕みたいな無精な人間には、どうにもありがたい話さ。テレビに出る大きな理由の一つがそれだよ。僕みたいな文化人枠は、ギャラ自体は安いからねえ」

　涼しい顔で芸能界の内部事情をさらりと暴露する淡海に、こちらもそのあたりのことはよく知っている海里は、訳知り顔で頷《うなず》いた。

「すっごくわかります。でも先生、あんまりテレビに出てない頃から、その……センスはともかく、クオリティの高い服を着てましたよね」

「ああ、それね」

　淡海はちょっと嫌そうな顔で、秋晴れの空を仰いだ。

「君には話してもいいや。その手のヤケに高そうな、いや、実際高価な服は全部、父からのプレゼントだったんだ」

　それを聞いて、海里はあからさまに面食らう。

「お父さん？　あの……それって、その、どっちの……とか、訊いてもいいやつです

か？」

淡海の複雑な出自について、海里は過去にざっくりとではあるが、本人から話を聞いたことがある。

（戸籍上の父親は実は養父で、本当の父親は元大物政治家……とか、そんな話だったよな）

記憶をたぐり寄せつつも、不用意にプライバシーに踏み込むことを躊躇《ためら》う海里に、淡海はあっけらかんと告げた。

「実の父のほうだよ。作家デビューしたときに、週刊誌に僕のプライバシーを暴かれて、あやうく実父との関係性を公表されてしまうところだったからね」

「確か、実のお父さんが政治的な権力を使って直前に封じ込めたとか」

「そうそう。とはいえ、それ以降、マスコミにおいては、僕と実父の関係は公然の秘密のひとつになったわけさ。みんなが普通に知ってる、でも怖くて誰も触れないっていう、よくある話」

爽《さわ》やかな朝に似つかわしくない生臭みのある話に、海里は顔をしかめる。

「何だかなあ」

淡海も苦笑いで同意した。

「まったくね。そんなわけで、実父としては、決して親子として言葉を交わすことは

ない隠し子といえども、自分の名を辱めることのない服装と仕事ぶりで生きるように、というメッセージを送ってきたわけ」

「うっわ……」

「あるとき、某有名百貨店の外商部の人たちが大きなバンで乗り付けてきて、父の名を伏せつつもエレガントに匂わせ、大量の高級服を置いていった。帽子やバッグ、革靴に傘まであったなあ。今も、テレビに出るたび追加が送られてくるから、まだまだ僕のファッションは、実父のお眼鏡には適わないどころか、見るに堪えないものであるらしい」

海里は信じられないという風に首を振った。

「うっわー。それ全部、素直に受け取ってるんですか？　ドラマなら、ふざけんなって怒って叩《たた》き返すところでしょ！」

だが、淡海はむしろ不思議そうに言い返した。

「まさか、そんな勿体《もったい》ないことはしないよ。どんな経緯で誰にプレゼントされたとしても、服は服でしかないだろう？　罪も恨みもそこにはない。よって、拒む理由もない」

長い葛藤《かっとう》の時期を経て、その見事な達観に至ったのであろう淡海に、海里は尊敬にほんの少しの呆《あき》れが入り交じった視線を向ける。

「俺、淡海先生のそういう合理的なとこ、けっこう好きです」

「それはどうもありがとう……と、来た来た」

急な上にぐねぐねと曲がりくねった坂道を、下が青緑、上が薄い水色の、このあたりの住民にはお馴染《なじ》みのタクシーが一台、ゆっくりしたスピードで上がってくる。

「あ、阪神タクシーだ」

「電話一本で来てくれる、ありがたい存在だよ。ああ、顔なじみの運転手さんだ。よかった。散歩する気力がないとき、よく『ばんめし屋』まで送り届けてくれる人なんだよ」

淡海の言葉どおり、二人の前で停車したタクシーから降りてきた初老で小太りの男性運転手は、笑顔で淡海に頭を下げた。

「毎度、先生。おはようございます。今日はまた、東京行かはるんですか？」

「おはようございます。いやいや、今日は取材。先方の指定でこの時刻なんだ。やっぱり眠いねえ。普段は、昼まで寝てるからね」

「あはは、作家さんはやっぱし夜に仕事しはるんですか。さ、お連れさんもどうぞ」

運転手が後部座席のドアを開けてくれたので、二人は並んで乗り込んだ。淡海は、持参の紙片を運転手に差し出す。

「目的地はここなんだけど」

再びシートベルトをつけてから紙片を受け取った運転手は、「渦ヶ森《うずがもり》のあたりですか。久しぶりやな〜。わかりました。ほな、出します」と、紙片を傍らに置き、タクシーを発進させた。

「山から山への移動だね。いかにもこの辺りらしい」

面白そうにそう言う淡海に、運転手も「ほんまですな」と笑って同意する。

海里だけが、キョトンとしてそんな二人を交互に見た。

「山から山への移動？　淡海先生んちは間違いなく山の麓《ふもと》ですけど、訪ねる先も山の中なんですか？」

それに答えたのは淡海ではなく、運転手だった。

ミラーで海里の顔をチラチラ見ながら、彼はこう言った。

「渦ヶ森っちゅうんは、神戸《こうべ》市東灘《ひがしなだ》区にある山の名前ですわ。低い山ですけどね。その辺りにできた住宅地が、渦森台《うずもりだい》」

「へえ。渦ヶ森って、なんかかっこいい名前だな。地名の由来とか、特別な奴があるんですか？」

海里が好奇心をそそられて訊《たず》ねると、運転手は曖昧《あいまい》な首の傾げ方をした。

「色々あるて言われてますけど、僕が子供の頃に親父から聞いたんは、ちょうどこう、東西から吹き下ろしてくる風、いわゆる六甲《ろっこう》おろしですわな。それがちょうどそのへ

んでぶつかって渦を巻くんで、森がざわざわ言いよるからやて。ま、冗談やったんかもしれへんですけど、それっぽくはありますわなあ」

淡海も面白そうに軽く身を乗り出した。

「そりゃいいね。何だか童話の地名になりそうだ。ひらがなを使った『渦が森』だな、その場合の表記は」

「おっ、うちの親父の説で、先生の新作が生まれてしまうやろか」

「どうだろう。僕に童話をオファーしてくれる出版社があったら、そのときは真剣に考えるよ。常に渦を巻く激しい風に守られた、森の中の小さな集落の話を」

たちまちそれらしい舞台設定をしてみせる淡海を、海里は尊敬の眼差《まなざ》しで見る。

「先生、すぐ物語を創っちゃうんだなあ。すげえ」

淡海はひらりと指の長い手を振って、照れ臭そうに視線を窓の外に逃がした。

「今作ったのは、ただのツカミだよ。まだ物語じゃない」

だが、海里も「そうですか」とすぐに引き下がりはしなかった。

「ツカミでも、普通はそんなに流れるようにできるもんじゃないですよ。ねえ？」

「そうですわ。小説家さんは、何からでもそないして上手に話を創りはるんですねえ」

運転手も相づちを打ち、尼崎《あまがさき》市から神戸市長田《ながた》区まで東西に走る山手《やまて》幹線へとハンドルを切った。

タクシーの運転手にはお気に入りの裏道を持つ人も多いが、今日の運転手は比較的、一般的な道路を好むタイプらしい。

そして彼が言うとおり、本当に「山を下り、平地を走り抜け、また山に少し上って」、三十分ほどで、タクシーは目的地に到着した。

淡海の自宅前よりは道幅が広く、さほど曲がりくねってはいないものの、けっこうな傾斜の坂道に沿って家々が建ち並ぶこのあたりは、今は「鴨子《かもこ》ヶ《が》原《はら》」と呼ばれる地区らしい。

坂の下の方を眺めると、町並みの向こうに、少しだけ海が見える。

「おー、眺望サイコーですね、ここ」

海里が歓声を上げると、支払いを終えてタクシーを降りた淡海も、「本当だねえ。うちからも、このくらい見えると申し分ないんだけど」と、少し残念そうに言った。

淡海が今から取材する人物は、二人がタクシーを降りた場所の真ん前にある低層階マンションの一室に居住しているそうだ。

「ご自宅に伺うんですね。俺、一緒に来てホントに大丈夫でした？」

「ご高齢だからね。出歩くのは面倒臭いと仰《おつしや》って。君のことは、今朝、出がけにアシスタントを連れていっていいかと了承を取ったよ」

「マジですか。ありがとうございます」

「僕はやらなくていいことは全部やりたくない人間だけど、取材相手にだけはマメなんだ。無礼なことをしてご機嫌を損ねたら、貴重なお話を聞けなくなってしまうからね」

「うわ、ゲンキンだな」

「今さら僕にそれを指摘するかい？」

　軽口を叩きながら、淡海は運転手から取り戻した紙片を広げ、目的の部屋を探し始める。海里はジャケットの胸ポケットにそっと手を当て、ロイドに「くれぐれも以下略」と呟《つぶや》きと指先で念を押してから、淡海を追いかけた。

　マンションの一室で淡海と海里を待っていてくれたのは、見事なグレイヘアが印象的な高齢の男性、山里勇吉《やまさとゆうきち》氏だった。

　十年前に妻を病で亡くし、以来、夫婦で暮らしていた２ＬＤＫのマンションにひとりで住み続けているその山里氏は、生前の妻が愛用していたという、花模様の可愛いステッキをつきつつ、ゆっくりと二人をリビングルームに案内した。

「いやはや、こんな僻地《へきち》まで天下の淡海先生に来ていただくとは申し訳なかったですなあ」

「いえいえ、素敵なところです。海が見えたので感動しました」

「ああ、海やったらこっからも見えますよ。ほら」

山里氏が指さしたリビングの大きな窓からは、なるほど、さっきよりよく海が見える。今、彼らがいるのは三階なので、そのおかげだろう。

「家内が、岡山の山里の生まれでね。海が見える住まいに憧《あこが》れて、隠居先をここに決めたんですわ。買い物やら病院通いやらが坂のせいで厄介ですけど、まあ、生協さんが来てくれはるしバスが家の前に停まるんでね、何とかなっとります」

そんなことを言いながら、彼は久しぶりの客人だという二人にソファーを勧めた。

「今、お茶煎《い》れますんで、座っとってください」

山里氏がそう言ってキッチンへ行こうとするので、海里は淡海に視線で了解を取ってから、「手伝います」と申し出た。

玄関で海里は淡海のアシスタントとして紹介されたので、その程度の手伝いをしてもらっても構わないと判断したのだろう。山里氏が「助かりますわ」と言ってくれたので、海里は共にキッチンに入った。

（ああ……なんか、知ってる感じだ、これ）

小さなキッチンを見回した海里の胸が、チリッと疼《うず》く。

玄関やリビングは、男の一人住まいという感じで、掃除は行き届いているものの、よく使うものはすべて見えるところ、手の届くところに置いてあり、どことなく雑然

とした雰囲気があった。

しかしキッチンは、少し様子が違っていた。

何もかもが、あるべき場所にきちんと収納されているのである。

唯一、ガスコンロの上にケトルが置きっぱなしになっているのだけが、やけに生活感を伴って、海里にはリアルに映った。

（たぶん、亡くなった奥さんは綺《き》麗《れい》好《ず》きの片付け好きだったんだろうな）

海里はしみじみと見知らぬ、しかもすでに亡き人に思いを馳《は》せた。

家の他の場所はともかく、妻の城だったこのキッチンだけは、かの人の面影を濃く留《とど》める場所として、生前と同じ状態を保っているのではなかろうか。

山里氏がわざわざ、普段使いらしい湯《ゆ》呑《の》みを戸棚から引っ張り出しているのを見ると、他の部屋との違いがますます際立って見える。

（俺が子供の頃に暮らした神奈川の家がそんな感じだった。お母さんの寝室とか、ウォークインクローゼットとか、ずっと俺がほとんど覚えてないお父さんの気配が残ってた。あれ、お母さんがわざと、きっと頑張って残してたんだよな）

そんな、子供時代には考えもしなかったことが、そこそこ大人になってから、初対面の人の家で突然理解できる不思議に、海里は思わず小さく唸《うな》る。

そんな海里の想いなど知る由もない山里氏は、客用らしき丸っこい湯呑みをふたつ、

そして透明なガラス製のティーポットを調理台にズラリと並べた。

「コーヒー切らしてしもて、次の生協さんまで来んのですわ。煎茶《せんちゃ》でええかいな」

「大丈夫っす。実は、淡海先生がどら焼き的なものをお土産に持ってきたそうなんで、むしろバッチリなのでは？」

海里が囁《ささや》き声でそう言って、ケトルをヒョイと取り、水を汲《く》んで火にかけた。

「そらよかった。お持たせで悪いけど、どら焼きは大好物や」

山里氏は、どうやらアシスタントの若い海里に対しては、とても気安く感じているようだ。

「よかったです！」

と笑顔で応じ、山里氏が出してきてくれた茶筒を受け取りながら、海里は、この人に対する取材で、淡海はいったい自分に何を学べというのだろう……と昨夜から幾度も繰り返した疑問を、胸によぎらせていた。

リビングルームのテーブルの上に、茶器と淡海が持参したどら焼き、もとい鶴屋《つるや》八《はち》幡《まん》の「舞鶴《まいづる》」がぎっしり詰まった紙箱をセットして、淡海と海里は二人掛けのソファーに、山里氏はいわゆるウイングチェアーと呼ぶべき、背もたれの両端が折れまがり、うたた寝しやすそうな一人掛けのソファーに落ちついた。

「お茶は五十嵐君が煎れてくれたし、お菓子は先生が持ってきてくれはったし、なんや僕が言うんもアレやけど、どうぞ、召し上がってください。僕もいただきますわ」

ただ勧めただけでは客人が飲食しにくいと知っているのだろう、山里氏は率先してむんずと「舞鶴」を摑《つか》んだ。

「僕はどら焼きが大好物でね。いや、甘いもん全般が、ちょっとガツガツしとるくらい好きなんですわ。この歳になっても」

「年齢は関係なくないですか？　甘い物はいくつになっても、きっと美味《おい》しいですよ」

海里はフォローのつもりでそう言ったが、山里氏は「いや」と首を横に振った。

そういう仕草をすると、晩年の川端康成《かわばたやすなり》のポートレートを思わせる、量の多い真ん中分けの総白髪が、歌舞伎の連獅子《れんじし》のように揺れる。

「いやいや、こういうんはね、子供の頃のことが影響しとるんよ」

「子供の頃のこと？　えっと、山里さんは今……」

海里が首を傾げると、山里氏は自分を指さし、顔中のシワを深くして笑ってみせた。

「いくつに見える？　とか訊《き》いたところで、じじいはじじいや。僕は今年で八十五になる」

「……マジですか。お世辞じゃなく、若いですよ。声に力があるし、耳だって」

「耳は、とびきりようできた補聴器のおかげやな。目ぇも、白内障の手術のおかげで、

まあ上出来や。舌もまだまだよう回る」

満足げにそう言った山里氏は、包みを破り、「舞鶴」をパクリと一口齧《かじ》って、こう言った。

「歯は、甘いもん食べ過ぎて、四分の三ほど入れ歯やけどな」

「ぶふッ」

しっかりオチをつけてくる山里氏に、海里は意表を突かれて噴き出してしまう。

「やっぱり、甘いものが根っから好きなんですね。子供の頃から好きってことですか、さっきの」

海里は楽しい気持ちのままでそう訊《たず》ねたが、山里氏は笑顔のままでこう言った。

「好きっちゅうか、食われへんかったから、渇望しとったんやろね」

「えっ？」

「ほら、僕はちょうど子供時代が戦争時代やったから」

「あ……」

戦争のことが意識にあれば、すぐわかったことだ。

今年八十五歳といえば、生まれた年は一九三五年。

四歳のときに第二次世界大戦が始まり、十歳で終戦を迎えたという計算になる。

以前なら、開戦の年も終戦の年も知らなかった海里だが、夏神がそのあたりの料理

の本をよく読んでいるので、話をしているうちに勝手に覚えた。

「す、すみません。俺、戦争のことがすっかり抜け落ちてて、つまんないことを言ってしまいました」

海里はすぐに謝った。山里氏は、怒った風もなく、笑顔のままで手と首を同時に横に振る。

「謝る必要があるかいな。君も先生も戦争を知らん。ええことや。経験せんほうがええことは、せんでええのや」

「でも……じゃあ、物心ついたときにはもう戦争が」

「始まっとったなあ。むしろ、ずいぶん大きゅうなるまで、戦争やない世界を知らんかったんよ」

「戦争がデフォルトって、俺には想像もつかないです」

海里が正直にそう言うと、山里氏ははははと声を上げて膝《ひざ》を叩《たた》いた。

「そうやろ、そうやろ。逆に、僕は男が兵隊さんに取られへん世の中なんか、想像どころかあることもしらんかったわ」

そう言って、山里氏は齧りかけの「舞鶴」の、こんがりふっくらした皮を見つめた。

「どんどん物がなくなっていった時代や。甘いもんなんて、滅多に口に入らんかった。こんな旨《うま》いお菓子が、いつでもどこでも買えるやなんてなあ」

「甘いもの、全然なかったんですか？」

「そやな。おやつのふかしたサツマイモが、僕にとっては甘いもんやったかな。そやけど、今のサツマイモやと思うたらあかんよ。もっと甘味の薄い、水気の少ないもんやった」

「……へえ」

「生まれて初めて、旨いなあ、甘いなあって思うたもんは、兵隊に行っとったいちばん上の兄が、戦地で負傷していったん帰されてきたときに、上官が持たしてくれたっちゅう金平糖やった。ハンケチに包んで持ち帰ってくれて、それを僕ら弟たちに一粒ずつ、大事そうに分けてくれたことがあったんや」

「金平糖！　そりゃ甘いですね」

「甘かった、旨かった。こんなに旨いもんが、世の中にあるんやろかと思うた。口の中で、溶けてなくなってしまうんが惜しいて、何度も何度も口から取り出して眺めてなあ……。ああ、先生」

「はい」

それまで二人の会話にじっと耳を傾けていた淡海は、山里氏に呼びかけられるとすぐさま湯呑みをテーブルに置き、居住まいを正した。

山里氏は、申し訳なさそうに頭を掻《か》いて言った。

「いやいや、すんません。いつまでもくっちゃべっとらんで、本筋に入らんとあかん。先生、僕が終戦直前の神戸大空襲で戦災孤児になったときの話を聞きたいて、そういうことやったですよね」

　さっそくそのときのことを……と山里氏はやけに慣れた口調で話し出そうとしたが、淡海はいつの間にかテーブルの片隅に置いていたボイスレコーダーのスイッチを切り、柔らかな口調で遮った。

「いえ、確かに、間を取り持ってくださった方にはそのようにお話しして、山里さんをご紹介いただきました。ですが……」

「違《ちゃ》うんですか？」

　怪訝《けげん》そうな山里氏に、淡海は淡く微笑んで、海里を見た。

「今、五十嵐君との会話を、とても興味深く拝聴しておりました。確かに僕は、神戸大空襲で運命が大きく変わってしまった子供たちの物語を書きたいと思って、取材を進めています。ひとりでも多くの方から、経験談を伺い、小説の登場人物に反映させたいと」

「はあ、そうですよね。ほな」

「ですが」

　もう一度、同じ言葉を、今度は少し圧を強めて繰り返し、淡海は話を続けた。

「それは、戦中戦後に子供時代を過ごした方々の、膨大な記憶の断片に過ぎないでしょう。そこだけをひょいと切り取って集めることに、僕はまったく意味を見いだせません」

「はあ」

山里氏はキョトンとしたが、海里もまた淡海の真意を測りかねて、首を捻《ひね》りながらおずおずと問いかけた。

「あの、それって……どういう意味ですか？　取材って、そういうもんじゃないですか？」

「果たしてそうかなあ」

淡海はサラリと海里の問いかけを受け流し、山里氏をじっと見つめてこう言った。

「僕は、神戸大空襲までの日々に、山里さんが何を経験し、何を感じて、何を考えて成長し、暮らしていたのかを知りたい。それが、大空襲の日以来、どんな風に変わっていったかを知りたい」

「つまり、僕の生い立ちをまるごとっちゅうことですか」

「勿論《もちろん》、日記帳のように正確にすべて時系列に沿って話してほしいというわけではないです。さっきの五十嵐君との会話のように、心に強く残ったこと……悲しかったこと、つらかったこと、腹が立ったことに加えて、楽しかったこと、嬉《うれ》しかったこと、

胸が躍ったこと、美味《おい》しかったこと、とにかく心が強く動いて、今も残る記憶を思い出すがままに何でも、自由に語っていただきたいんです。それでこそ、空襲のときのお話が、正しく理解できる気がするんです」

　山里氏は、しばらく呆気《あっけ》に取られたような顔つきで、黙ってもぐもぐと「舞鶴」をひとつ食べきってしまった。

　淡海は何も言わず、それをじっと見守っている。

海里ひとりがオタオタしていると、やがて山里氏はお茶をぐびりと飲み、それからようやく重々しく口を開いた。

「これまで何十年ものあいだ、何百人、ヘタしたら千人いくくらいの人に、何十回と戦争の話をしてきたんですわ、僕。学校やら公民館やらへ足を運んでね。言うたら、語り部《べ》やね」

「そう伺っています」

　淡海はやはり、丁寧に相づちを打つ。

「そやけどね、話してくれって頼まれるんは、戦争でひもじかったこと、父に続いて兄三人のうち二人が戦死したこと、神戸大空襲で家が焼けて、母と祖母と妹が焼け死んだこと。そのあと戦災孤児になって、弟と焼け跡を彷徨《さまよ》ったこと、初めて物乞《ものご》いをしたこと……なんしか、つらかったことや大変やったこと、悲しかったことだけです

わ。いっつも、戦争は二度としたらあかん、平和を守ってくれ、そう言うて話を締めんとあかんかったんです」

「……はい」

「勿論、嘘やない。それはほんまの、心の底からの想いやし、生涯の願いですわ。そやけど一方で、つらかった、苦しかった、悲しかった思い出にしか値打ちがない、そう言われとるみたいで、心のどっかがさみしかったんでしょうな」

（あ……！）

海里は、心の中で驚きの声を上げた。両手が、膝小《ひざこ》僧《ぞう》をギュッと握り締める。

「今、先生に何でも喋《しゃべ》ってくれって言われて、初めてそれに気ぃつきましたわ。今日もまた、お決まりの話を涙ながらにしたらええねんな、そう思うとったけど、何でも話してええんやと思うたら、急に心がふわーっと軽うなりました」

　その言葉が嘘ではないことを証明するように、山里氏のしわ深い顔には、さっきまでとは違う、本物の、開けっぴろげな笑みが広がっていく。

（俺、さっきまで馬鹿なこと考えてたな。取材って、自分が知りたいことについて、相手の経験談を聞くことだ、なんて。そういうことじゃないんだ。こうして、人に会って、顔を見て、何を取材するかって言ったら……その人の人生なんだ）

呆然《ぼうぜん》とする海里の目の前で、山里氏はしみじみと言った。

「親兄弟が生きとった頃の、楽しかった思い出がどんどん甦《よみがえ》ってきましたわ。きっと、僕自身が、戦争の話をするときは笑《わろ》うたらアカンと思うて、そういう明るい記憶を封じ込めとったんですわ。ああ、戦時中、笑うた話をしてもええんですね。ふざけて、踊って、歌って、走り回って……母のもんぺの膝にじゃれついた話も、してええんですね」

「勿論です。是非、伺いたいです」

「そやけど、長《なご》うなりますよ？　一時間や二時間で終わらへん」

「ええ。ですから、ご迷惑でしょうが何度でも伺います。山里さんの脳から、僕に聞かせたい思い出が全部出払うまで」

躊躇《ちゅうちょ》なくそう言って、淡海はボイスレコーダーのスイッチを再びオンにしてテーブルに置く。

「ちゃんと話そうなんて思わないで、思い出したことを片っ端から聞かせてください。僕には、それが何よりありがたく、嬉しいです」

「そうやなあ。何から話しましょうかね。そうや、弟が生まれたときの話からがええかなあ」

山里氏は、軽く前に身を乗り出し、熱の籠《こ》もった声で語り始めた。

「弟が生まれたとき、母親の乳の出がどうにも悪うて。そのときに母親が、『おはぎ

食べたら出る気がする』て言い出して、家族が材料集めに奔走しました。まだ当時は家に残っとった兄たちと僕は近所を回って、女の子からお手玉を一つずつ譲ってもろて、中に詰まってた小豆を集めて。祖母は龍野《たつの》の実家に出向いて、農家をやっとった従妹《いとこ》からお米と、あとはとっておきの砂糖もちょっとだけ分けてもろて。どうにかこうにか作った薄ら甘いおはぎを母親がむしゃむしゃ食べたら、翌朝からほんまに滝のように乳が出るようになったんですわ。嘘みたいやけど、ホンマの話……」

楽しそうに身振り手振りを交えて語る山里氏の話に、淡海も海里も、たちまち引き込まれていった……。

結局、二人が山里氏の家を出たのは、正午過ぎになってからだった。

「いやあ、たくさんいいお話が聞けたねえ」

マンションの敷地からバス通りに出た淡海は、スマートフォンを取り出し、タクシーを手配しながら満足げにそう言った。

「あんなに一生懸命話し続けて、山里さん、疲れて寝込んだりしませんかね。ちょっと心配だな」

海里は本当に心配そうに、山里氏の部屋があるあたりを振り返った。

「夕飯時にでも、お礼かたがた様子伺いの電話をしてみるよ。次回の予定も組ませて

いただきたいし」

淡海はそう言いながら、スマートフォンの液晶画面を長い指で操作し続けている。

そんな淡海に、海里は深々と頭を下げた。

「ありがとうございました」

「うん？　どうしたの、改まって」

むしろ不思議そうな淡海に、海里は真剣な面持ちで感謝の言葉を口にした。

「俺、今日まで取材を凄《すご》く軽く見てました。山里さんと淡海先生の会話を聞いてて、取材って、情報を集めることじゃないんだ、その人について知ることなんだって、初めてわかった気がします」

「参考になったかな」

「凄く。山里さんが滅茶苦茶《めちゃくちゃ》楽しそうに話してくれた子供時代のやんちゃな思い出、俺までニコニコしちゃうくらい面白かった。だからこそ、今日はそこまで話がいかなかったですけど、戦争っていう非常時でも、家族に愛されてのびやかに育った子供が、一夜にして家も家族も失うんだって事実が胸に迫ったっていうか……」

本当に声を詰まらせた海里は、深呼吸と咳払《せきばら》いでどうにか涙を引っ込めたらしく、少し震える声でこう続けた。

「先生が、神戸大空襲で山里さんの身に起こったことを正しく理解するために、それ

以前のことを知りたいって言ってた意味、わかりました。……そっか、先生は、自分が経験していないことを知るために、こんな聞き取りをしてたんですね」

「今日のはちょっと特殊だけど、戦争については、絶対に実体験したくないからね。その分、経験者の話を根こそぎ聞きたいんだ。彼が仰《おっしゃ》っていたように、悲惨な記憶だけを気持ち良くつまみ食いするようなことは、したくないんだよ」

タクシーの手配が上手《うま》くいったらしく、ジャケットのポケットにスマートフォンを無造作に突っ込んだ淡海は、もう一方のポケットから、ずっとテーブルの上に置いてあったボイスレコーダーを取り出し、海里に見せた。

「この中に入っているのは、ただの情報じゃない。山里さんの人生、山里さんが身を置いていた戦時中の神戸という世界が入っているんだよ」

「はい」

「人間は、ただのデータバンクじゃない。思い出を保存する器は、心なんだ。その心の成り立ちを知らずして、他人の記憶を正しく理解することはできないし、小説や演技に生かすこともできないだろうね」

「……はい！」

「いい返事だし、いい顔だ。一歩だけでも、前に進めたんじゃない？」

淡海にそう問われて、海里は曖昧《あいまい》に頷《うなず》いた。

「この経験をどう自分なりに生かせるかはまだわからないですけど、でも……はい。半歩進めた気はします」

「そりゃよかった」

笑顔でそう言ってから、淡海は独り言のように空を見上げて呟《つぶや》いた。

「こうして、他人のことは理解しようと努めるのに……身内には手を抜いていたかもしれないな」

「えっ？」

海里が驚いて訊《き》き返すと、淡海はちょっと寂しそうな顔つきで微笑み、こう言った。

「もうすぐ阪神タクシーが来るから、君はそれに乗って帰りなさい。これ、タクシーチケット。今日は付き合ってくれてありがとう。君がいてくれて、話の糸口を作ってくれたおかげで、今日のインタビューはとてもスムーズに運んだ」

そう言って手の中にねじ込まれたタクシーチケットと淡海の顔を、海里は驚きながら交互に見た。

「えっ？　あ、いや、でも、先生は？」

「天気がいいし、さっきのインタビューの余韻を楽しみたいからね。ちょっとひとりで、この辺りを散歩しようと思う」

「そ……そう、なんですか？」

「うん。大丈夫、子供じゃないんだから、ひとりで帰れるよ？」

「そこは心配してないですけど」

「だったら、ここで解散しよう。気をつけて帰ってね。マスターにもよろしく。また近いうちに、夜食をいただきに参上するよ」

「それは、是非。じゃあ……その、お疲れ様でした」

「はい、お疲れ様。じゃあね。チケット、遠慮せずに使うんだよ」

そう念を押して、淡海は坂をゆっくりと上っていく。

振り返らない彼の背中を半ば唖然《あぜん》として見送る海里の鼓膜を、ロイドの声が静かに打った。

『海里様』

「何だよ？」

『やはり、同行してようございました。先日来の疑問が、ようやく確信に変わりました』

何を言われているのか咄嗟《とっさ》に理解出来ず、海里は素速く周囲を見回した。それから、胸ポケットに向かって低く囁《ささや》く。

「今、周りに誰もいないから」

するとたちまち、隣に、いかにもカントリー・ジェントルマン然としたツイードジ

ャケットを着込んだ、初老の英国紳士が現れる。

眼鏡から、人間の姿に化けたロイドである。

彼は上着の裾《すそ》を伸ばして整えながら、海里に微笑みかけた。

「よいお話でございました。わたしも、前の主《あるじ》のことを思い出し、ときおり胸が熱くなりましたよ」

「……そっか、お前は戦争を知ってる眼鏡だもんな。それはそうと、何を確信したって？」

すると、ロイドの柔和な顔から、笑みがスッと消えた。彼は、カーブの向こうに消えていこうとする淡海の痩《や》せた背中を見ながら、こう言った。

「先月あたりから、淡海先生のお身の内に、純佳《すみか》様の気配が感じられなくなっていたのです。気のせいかと思っておりましたが、今日、ずっとお隣にいて確信致しました」

海里はビックリしてロイドを見た。

「マジで？」

純佳というのは、淡海の、異父妹のことである。

彼女は高校生のとき、不慮の事故で命を落としてしまったが、自分の出自や両親との関係に苦しむ兄を心配するあまり、十三年ものあいだ、霊魂として彼に寄り添い、見守ってきた。

あるとき、「ばんめし屋」の面々の力を借りて、淡海は、初めて純佳の「幽霊」の姿を見、言葉を交わして、彼女がずっと見守ってくれていたことを知った。

以来、純佳はまるで同居人のように淡海の体内に棲《す》み、小説の執筆にも大いに貢献していると海里は淡海から聞いていた。

「つか、俺、淡海先生から純佳さんが心に同居してるとは聞いてたけど、彼女の気配をいつもハッキリ感じてたわけじゃないんだよな」

「堂々と表にお出にはなりませんでしたが、わたしは常に存在を感じておりましたよ。お兄様の身の内に潜みつつ、お兄様の五感を通じて経験する様々のことに、心躍らせておいででした」

「だけど、その気配が感じられなくなった……ってことは、純佳さん、いなくなっちゃったってことか？」

ロイドははっきりと頷く。

「その可能性が大きいかと。たいへん感受性の豊かな女性とお見受けしておりましたので、先刻のお話をお兄様の中でお聞きになれば、きっと感動なさったでしょう。わたしに、その存在が感じ取れないはずがございません」

「消えちゃった……。ああいや、もう死んでるんだから、本来は消えるのが普通なんだろうけど、でも、今さら、なんで？」

驚きのあまり、つい詰問口調になってしまった海里に、ロイドはいささか不満げに言い返す。

「わたしにわかるはずがございませんよ」

「うっ……。そ、それもそうか。けど、淡海先生から話してくれないと、ちょっと訊きづらいよな、そんなプライベートなこと」

「ええ。ですが、あれほど溺愛《できあい》なさっていた純佳様が本当に消えてしまわれたのならば、淡海先生は、さぞお寂しいことだと」

「ホントだな。……そういやさっき、『身内には手を抜いていたかもしれない』とか何とか言ってた気がする。その『身内』って、妹のことかよ」

「かもしれませんね」

二人は浮かない表情で顔を見合わせる。

淡海の姿は既にカーブの向こうに消えており、坂の下からは、その淡海が呼んでくれたタクシーがゆっくりと近づいてきていた……。

「おい、何ぞ鳴っとったぞ」

翌朝、午前六時過ぎ。

店の営業を終え、ひとっ風呂《ぷろ》浴びた海里が眠い目を擦《こす》りながら茶の間にやってくる

と、先に入浴を済ませて缶ビールを飲んでいた夏神が、ちゃぶ台の上を指さして言った。

そこにあるのは、海里のスマートフォンである。

「お、マジで？」

普通の勤務形態の人にとっての晩酌が、「ばんめし屋」の面々にとっては「早朝酌」である。海里も冷蔵庫から缶チューハイを出してきて、ちゃぶ台の前に胡座《あぐら》をかいた。

「今日もお疲れさんでした！」

「おう、お疲れ」

本格的な乾杯はせず、互いの缶を軽く持ち上げて労《いたわ》りの言葉を交わしただけで、海里はまず一口、チューハイを飲んだ。

すぐに寝てしまうので、アルコール度数が極力低く、果汁が多く配合されているものを選ぶようにしている。

夏神が軽い朝食代わりのおつまみにと出したクラッカーをかじりつつ、海里はスマートフォンをチェックしてみた。

「あ、LINEの着信音だな、たぶん」

「おお。また事務所の社長さんからか？」

「じゃなくて、奈津《なつ》さんだ」

海里の義姉の名を耳にして、夏神はギョロ目をさらに見張った。

海里の兄、一憲《かずのり》と結婚する前から、兄弟の不仲に胸を痛め、義弟となる海里の人となりを知るべく「ばんめし屋」に通っていた奈津なので、夏神とも親しい。

結婚してからも、「ばんめし屋」近くにある動物病院で獣医師として勤務を続けており、当直した日などは、今でもひとりでふらりと店を訪れることがある。

「ここ何ヶ月かご無沙汰《ぶさた》やな。元気にしてはんのか？」

「俺も、あんま連絡とってなかった。何かあったら奈津さんのほうから連絡くれたり誘ってくれたりするから、ついサボっちゃうんだよなあ」

「あかんやないか」

「うう、反省します。何かあったのかな」

ＬＩＮＥアプリを立ち上げ、奈津からのメッセージを確認するなり、海里はふふっと笑った。

夏神は、眉《まゆ》を軽く上げる。

「なんや、どないした？」

「見てよ、これ。相変わらずだわ」

海里が差し出したスマートフォンの画面を、片手を畳について身体を傾けて、夏神

は覗《のぞ》き込んだ。

　そこには、賑《にぎ》やかなスタンプを交えて、実際に話しているときとさほど感じが変わらない、奈津のメッセージが表示されていた。

『元気ですか？　ここしばらく色々あって、連絡できなくてごめんなさい。というか、海里君もご無沙汰すぎることは大いに反省してください！』

　夏神は、声に出してそれを読み上げ、ニヤッとした。

「やっぱし怒られとるやないか」

「うう、とはいえ今回はお互い様って奴ですよ。つか、土曜の夜に晩ごはんを食べにおいでよって、明日《あした》じゃん。相変わらず、唐突だなあ」

　海里は呆《あき》れ声を上げる。

「何や、予定あんのんか？」

「ないない。悔しいけどないから、行きますよ……と」

　海里は相変わらず素速い入力で返信し、スマートフォンをちゃぶ台に置いた。それから、同じくちゃぶ台の上に置かれたままの眼鏡……つまり、ロイドを見下ろした。

「俺が寝不足ってことは、ロイドも寝不足だってことだから。こいつが人間の姿になって出てこないところを見ると、今これ、爆睡中なんだろうな」

「そやろな。眼鏡もお疲れさんや。ちゅうか、さっきチラッと言うとったこと、ホン

マか？」

「ああ、純佳さんのこと？　ロイドが感じないっていうんだから、マジで消えちゃったのかもな」

「なんでや」

「昼間の俺と同じ疑問を口にしてる。でも、俺たちにはわかんないよ、そんなの。淡海先生にしか、理由はわかんないんじゃね？　つか、原因としちゃ、兄妹《きょうだい》げんかとか、そんなことしかないんじゃないかな」

「ああ、なるほどなあ」

夏神は、うっすら生えてきた顎髭《あごひげ》を片手で撫《な》でながら納得の声を上げる。

「いくら仲良し兄妹だからって、ケンカひとつしないってわけはないだろうし」

「兄貴に腹立てて、消えんまでも、天岩戸《あまのいわと》みたいに深いとこに引きこもって出てこおへんっちゅう可能性も……あるん違《ちゃ》うか？」

「かもね。それなら、淡海先生が打ち明けてくれさえしたら、俺たちに力になれることも、ちょっとはあるかな。本気で消えちゃったんなら、もう何もできないからさ」

「せやなあ。妹さんの存在に気付いたときの淡海先生の嬉《うれ》しそうな顔、覚えとるだけに心配やな」

夏神の気持ちのこもった言葉に、海里も同意する。

「だよな。まあ、淡海先生、近いうちに飯食いに来るって言ってたから。そんときに、何か打ち明けてくれたらいいよね」

「せやな」

頷《うなず》き合ってから、海里は顎が外れるほどの大欠伸《おおあくび》をする。

夏神は苦笑いで隣室のほうを指さした。

「ロイドも寝てしもとることやし、お前もはよ寝えよ。ほんで、今日はゆっくりめでええから、シャッキリしてから起きてこい」

「いや、さすがにそういうわけにはいかないよ」

連日、個人的な用事で店の仕事に穴を空けてしまっている海里は、夏神の親切を退けようとしたが、言い返す間にも、次から次へと欠伸がこみ上げてしまう。

「そんな寝ぼけ顔で終日働かれるよりは、まだ遅めで元気に始動してくれるほうがええ。無理せんと、ゆっくり寝えや」

「うう……申し訳ない。つか、マジでもう目を開けてらんないわ。寝るね」

「おう、おやすみ。ロイドも運んだれや」

「うーい。おやすみ」

ヨロヨロしながら立ち上がった海里は、片手にチューハイ、もう一方の手に眼鏡姿でまったく動かない「爆睡中」のロイドを大事そうに持って、隣の自室へと引き上げ

ていく。

「こけなや」

短く、足元に気をつけろと注意した夏神は、ビールを飲み干し、クラッカーを一枚、口に放り込んで、ゴロリと仰向《あおむ》けに寝そべった。

茶の間は夏神の寝室も兼ねているので、眠るときにはちゃぶ台を片付けて布団を敷くのだが、店での仕事を終えたあとは疲労困憊《こんぱい》していて、押し入れから布団を引っ張り出す体力気力が戻るまでには、少し時間が必要なのである。

「イガがちょっと吹っ切れた顔で戻ってきよって、一安心やと思うたら、今度は淡海先生か。なんや、今年はややこしい秋やな」

そう呟《つぶや》いて、今度は夏神が特大の欠伸を繰り出す番だった……。

翌日、午後六時過ぎ。

神戸市東灘区岡本《おかもと》にある実家を訪ねた海里は、玄関扉を開けて迎えてくれたのが、いつものように母の公恵《きみえ》ではなく兄の一憲だったことに驚いていた。

「ど、どうも。ご無沙汰しております」

「本当にな」

焦りつつもおどけて挨拶《あいさつ》をした弟に、公認会計士の兄は、四角四面を絵に描いたよ

うな硬い表情と冷ややかな声でそう言った。

以前なら、そこで向かっ腹を立てていた海里だが、今は、これが兄の照れ隠しであることがわかっている。

「なんかバタバタしてて、連絡しなくてゴメン」

「……便りがないのがいい便りとも言うが、近況くらいは知らせてこい」

ぶっきらぼうな命令形も、心配の裏返しと思えば、素直に受け止められる。

「わかった。そうする。お母さんと奈津さんは？」

「キッチンで、親の仇《かたき》のように水餃子《すいギョーザ》を作っている」

「マジで」

「ああ。家族が揃うときに、試してみたかったんだそうだ」

「……ああ、餃子は数作らないと旨《うま》くならないって言うもんな」

「そういうものか」

そんな会話をしながら海里は靴を脱ぎ、二人は連れ立ってリビングに向かう。

かつては海里たちの祖父母が暮らしていたこの家は、もともとは戦後に建てられた外国人向けの住宅で、大きな暖炉があったり、猫足の浴槽が置いてあったりと、なかなか趣深い家だった。

それなのに、風雅を解しない男、一憲が主導してリフォームしたため、家の持つ趣

と呼ぶべきものはほとんど失われてしまったのだが、公恵は「でも、住みやすくなった」と満足そうに言っていた。

リビングの内装も、すっかりそのへんのモデルルームのように素っ気ないものになってしまい、海里をガッカリさせたものだが、今はまた少しずつ、様子が変わりつつある。

一憲と結婚して、公恵との同居を望んで選択した奈津が、あれこれと好みの品を飾り始めたからである。

ただ白いだけだった壁には絵の額が何枚かかけられ、コーヒーテーブルの上に置かれた小さな一輪挿しには、いつも一輪、小さな花が生けてある。

公恵があまりインテリアに興味がないほうなので、奈津が生活空間を好みのテイストに飾り始めてから、がぜん、家自体がキャラクターを持った感じがする。

(なんだかこの家、奈津さんが来て生き返った感じがする)

海里がぼんやりとリビングの中を見回してそう思っていると、キッチンから当の奈津の声がした。

「海里くーん、こっちに来てちょっと手伝ってよ。水餃子、包む人はいるけど茹《ゆ》でる人がいないの」

「兄貴でいいじゃん」

「駄目よ。茹でにはセンスが必要なんだから」

さりげなく、そして軽く夫をディスった奈津が、キッチンの入り口からひょいと顔を出した。

肩にギリギリつかない程度に切り揃えた髪を三角に折り畳んだバンダナでまとめている。まるで、給食当番の趣だ。

海里が呼ばれるままにキッチンに入っていくと、エプロン姿の公恵と奈津が、ちまちまと水餃子を包みまくっているところだった。

背後から、ぬっと一憲も入ってくる。鰻《うなぎ》の寝床のような細長いキッチンは、たちまち「家族」でぎゅうぎゅうの空間になった。

「え、兄貴も包むの」

手を洗った一憲が、餃子のあんをすくうためのステンレス製のへらを手に取ったので、海里は思わず驚きの声を上げた。

一憲はムスリとした顔で、つっけんどんに言い返す。

「俺とて、ゆっくりやれば包める」

「ゆっくりやりそう。そんで、決まった数のひだを几帳面《きちょうめん》に寄せそう」

「寄せていたら、水餃子にひだは別に要らんと、奈津に怒られた」

公恵は兄弟のやりとりにクスクス笑った。

「一憲は慎重派だからねえ。そうだわ、茹でるのはもうちょっと後にして、海里も包んでみたら？　みんなで包んで、みんなで食べましょうよ」

　公恵は、海里が帰ってきて、皆が家の中に揃ったのが嬉しい様子で、そんなことを言う。

「おっ、プロの技を見せろって？」

　海里はシンクで手を洗い、さっそく調理台代わりの折りたたみ机を他の家族とともに囲んだ。

　へらはもうないからと奈津が幅広のバターナイフを見つけてきてくれたので、それで柔らかなあんを、やや大判の市販の皮で包み始める。

「あっ、上手」

　海里の手元をジッと観察して、奈津は感嘆の声を上げた。

「さすが我が義弟。定食屋の店員だけのことはあるわね」

「っても、定食屋の日替わりに、水餃子はないけどね。焼き餃子をたまにやるくらいだけど」

「そうなのね。水餃子は、あんをたっぷり詰めて。そのほうが美味《おい》しいから」

「わかった」

　四人はしばらく無言で水餃子を包み続けたが、ほどなく、奈津が我慢できなくなっ

た様子で声を上げた。

「どうせなら美味しくごはんを食べたほうがいいと思うから、あの話、今ここでやっちゃってもいいかしら、お義母《かあ》さん、一憲さん？」

「ここでか!?」

「今するの!?」

一憲と公恵は、さすが親子と褒めたいくらい見事な連携で、奈津に異議を唱える。

「どこでしたって、いつしたって、話の中身は変わらないでしょう？」

奈津は駄々っ子のように口を尖《とが》らせて文句を言う。

海里だけが、わけがわからないといった顔つきで、三人の家族の顔を見回した。

「何だよ、あの話って。気になるから、早く言っちゃって」

「早く言っちゃってってお前、そういう簡単なことでは」

一憲はさっそく弟の軽い態度を咎《とが》めようとしたが、奈津はそれを素速く遮り、話を自分にぐっと引き寄せた。

「どう言おうとどう聞こうと、本質は変わらないんだから、いいの。ねえ、海里君」

「はい？」

また一つ、見事な形の餃子を世に送り出し、海里は義姉のすっとした鼻筋のあたりを見る。

「いい知らせと悪い知らせ、どっちから聞く？」

　奈津の切り出し方に、海里は思わず噴き出した。

「映画か！　つか、上げて落とされるよりは、落として上げられるほうが俺は好きだから、先に悪いほうかな」

「オッケー。じゃあ、話してもいいわね、一憲さん、お義母さん」

　何故か、今夜の「話」は、奈津が主導権を握っているらしい。とはいえ、一憲と公恵が、妙に奈津を気にしている気配がして、海里を落ち着かなくさせる。

「な、何だよ、いったい」

　たじろぐ海里に、作業の手を止めた奈津は、やけに真剣な面持ちと厳かな口調でこう告げた。

「私たちの妊活が、終了したことをお知らせします」

海里の手から、包みかけだった餃子《ギョーザ》がポトリと落ちた。

だが、一憲も公恵も、それを咎めることもからかうこともなく、ただ静かに動きを止め、じっと海里の様子を窺《うかが》っている。

しばらく何か言おうとしては口をパクパクさせるだけだった海里は、やがてゴクリと生唾《なまつば》を飲み、自分を落ちつかせようとするように一つ深い呼吸をしてから、粉だらけの片手を挙げた。

「その……ちょっとタイム」

「はい？」

奈津は、怪訝《けげん》そうに首を傾げる。その、海里がどうしてそんなに驚いているのかわからないと言いたげな顔つきに、海里は軽く苛《いら》つきながら、それでも極力穏やかに言葉を発しようとした。

「あのさ、いきなり俺の知らない話を、結論から始めるのやめてくれる？『妊活し

てました』からお願いしたいわけ。全然知らなかったもん、そんな話。いやまあ、俺はここに住んでるわけじゃないから、教えてほしかったとかそういうことではないんだけどさ」

それを聞いて、奈津はポンと手を打った。両手についていた餃子の打ち粉が、まるで霞《かすみ》のようにふわっと散る。

「あ、そっか。そうだった。実はそうなのよ。でもわりと妊活を始めたばかりで挫折《ざせつ》したものだから、つい。ちょっと待ってね、仕切り直す」

奈津はコホンと小さな咳払《せきばら》いをして、こう言い直した。

「私は親の顔を知らないし、施設育ちだから、元から『家庭』ってものに切実な憧《あこが》れがあって、結婚したらすぐにでも子供がほしかったのね」

こういう話題であっても、奈津はいつもの竹を割ったような性格そのままに、理路整然と話をしようとする。

むしろ聞き手の海里のほうが置いていかれ気味に、「う、うん」と気の引けた相づちを打った。

「私のほうは、大好きな獣医の仕事に何年か穴を空けても、出産と育児に年月を割こうって決意してた。でも、一憲さんはそうでもなかったの。死ぬほど嫌じゃないけど、不安が大きいからって、消極的だった」

「何しろ一度、子育てには大失敗しているものでな」

奈津の声に非難の色はなかったが、一憲は海里が落とした水餃子を拾い、皮の端を几《き》帳面《ちょうめん》に閉じながらボソリとそんなことを言う。言うまでもなく、「大失敗」がかかる先は海里である。

「そりゃどうもすいませんね。けど、まともに最後まで話を聞きたいから、斜め向こうから撃ってくるのも、とりあえず禁止で頼むわ。それで？」

既に和解したとはいえ、兄に過去のことで皮肉を言われると、未《いま》だにそれ以外の誰に言われるより頭に血が上る海里である。

あからさまにムッとした彼は、ことさらに兄から顔を背け、奈津だけを見た。

奈津は、隣に立つ一憲の脇腹に軽い肘鉄《ひじてつ》を食らわせてから、「今のは、一憲さんのたちの悪い照れ隠しよ。でも、今は本題に戻るわね」と前置きして、再び話を続けた。

「時間をかけて説得して、二人で子供と一緒に、勿論《もちろん》お義母さんも一緒に、楽しくて温かい家庭を作りたいねって話をしていたんだけど、なかなか子供ができなくて。ぼーっとしてたら、お互い高齢なんとかになっちゃうでしょ。だから、本格的に妊活を始めるなら早いほうがいいと思って、二人で病院に相談に行ったのね」

「うん。それで、何か問題があったの？」

「大アリ。念のため、くらいの気持ちで調べてもらったら、二人ともに、それぞれわ

りと大きめの問題があったの。普通に暮らす上では何でもないハンディなんだけど、子供を持とうとすると、致命的な問題になる系のやつ」

あまり生々しい話にならないよう気を遣っているのだろう。獣医師であり、動物の体についてはプロのはずの奈津が、わざとふんわりした表現を選ぶのが逆に痛々しくて、海里は思わず見ないでおこうとした兄に視線を向けてしまった。

「それ、いつの話？」

一憲は広い肩をそびやかし、ずれてもいない眼鏡を掛け直して、渋い顔で話を引き取る。

「今年の七月だ。そういうわけで、夫婦二人でさんざん時間をかけて話し合い、納得し、さあ足並みを揃えて妊活を始めようと思い立った途端、それが我々には無意味であることを知らされたというわけだ」

「あの……ホントに、可能性はないの？」

思わず縋《すが》るような気持ちで問いかける弟に、一憲はゆっくりと首を横に振ってみせた。

「何らかの奇跡でも起きない限りは、我々が子供を持てる可能性は限りなくゼロだとハッキリ言われた。どうしても諦《あきら》めきれないなら、多額のお金と労力、そして夫婦間の信頼と愛情を失う覚悟で挑みますか、と主治医に問われて、やりますとは言えなか

ったよ」

「公認会計士だもんな、兄貴。無駄だってわかってるお金は使えないだろ」

海里は納得顔で頷《うなず》いたが、一憲は顰《しか》めっ面《つら》で即座に言い返した。

「そういう問題じゃない。ああいや、そういう問題でもあるな。金銭的なことだけが問題なら、公認会計士のプライドにかけて、どうにか実現可能、持続可能な金策を考えただろう。だが、俺にとっていちばん嫌だったのは、望みの薄い夢にいつまでも懸けて、奈津と俺の心が擦り切れることだった」

「兄貴……」

かつては、自分の弱みを弟に見せることなど、意地でもしなかった一憲である。今も、態度こそやや居丈高ではあるが、心情を偽らず素直に伝えてくれた兄に、海里は驚きと、微《かす》かな嬉《うれ》しさを感じてしまって、内心焦っていた。

（こんな話の流れで喜んじゃダメだろ。けど、兄ちゃん、俺のことを一人前だと思ってるからこそ、こんなディープな話を打ち明けてくれてるんだな）

とはいえ、今のところ、話はどう転んでも悲しく、寂しい流れだ。

今、それを黙って聞いている公恵はいったいどう思っているのだろうと、海里は母親の驚くほど穏やかな顔を見た。

「お母さんは、その話、いつ聞いたの？」

公恵は海里ではなく、若い夫婦の顔を見ながら答えた。

「二人が病院で残酷な宣告を受けて、帰ってきたそのときよ。なっちゃんは泣いてるし、一憲はしょげてるし、いったい何があったのかと思うじゃないの。そのとき初めて、妊活のことも、子供を持つっていう夢があっという間に消えたことも聞かされたわ」

「それまでは、ノータッチだったんだ」

「当たり前でしょ。夫婦の間のことですもの。いくら同居してても、私が立ち入ることじゃないわ」

ねえ、と奈津に同意を求める公恵に、奈津もしんみりした笑顔で頷いた。

「唐突な話すぎて、お義母《かあ》さん、きっとびっくりしたと思うのに……私たちの間に孫は望めないって知って、きっと凄《すご》くガッカリしたはずなのに、ショックを受けた顔で、それでも泣いてる私を慰めてくれたの。可哀想に、夢が破れるのはつらいわねって」

海里は、その光景を想像しようとして、すぐに諦めてしまった。

（ああ、俺、テレビドラマみたいな安いシーンを想像してる。やっぱり浅いんだよな、想像が）

そんな次男の自己嫌悪には気づきもせず、公恵は言った。

「なっちゃんが泣き疲れて寝ちゃった後、リビングの隅っこで体育座りしている一憲

と話したのよ」

「体育座りはしていない！」

一憲は慌てて訂正したが、公恵はそれをサラリとスルーして、海里に語った。

「大丈夫なの？　子供を持てないことで、夫婦の関係が揺らいだり、おかしな方向へ行ってしまったりしないかしらって、私は何よりそれを心配していたのよ。でも一憲が、物凄くきっぱり言ったのよね」

「何て？」

「夫婦といっても別の脳を持つ二人の人間だから、奈津が今どんな気持ちか、正確には理解できていないって」

「待って、その話は私も聞いてない、お義母さん！　一憲さん、そんなこと言ったの？」

「兄貴、空気読めよ。そこは、奥さんのいちばんの理解者であるべきなんじゃないの、旦那《だんな》は」

奈津と海里から矢継ぎ早に咎《とが》めるような口調で言い立てられて、一憲は思わず一歩作業台から遠ざかったものの、そこは一家の大黒柱、野太い声で抗弁した。

「配偶者だからといって、簡単に『気持ちはわかる』なんて嘘は言えない。それは不誠実だろう。奈津の悲しみややるせなさを理解できるよう、共有できるよう、最大限

に努力する前に、お母さんに対して、勝手に奈津の気持ちを代弁するわけにはいかなかった」

「……そういうところよね。きっと色々誤解されて損してると思うけど、一憲さんの実はとっても素晴らしいところ」

はあ、と溜《た》め息《いき》をついてみせる奈津に、海里もここぞとばかり同意する。

「ドのつく誠実＆正直って奴だよね」

「馬鹿がつくと、ストレートに言っても構わんぞ」

「言ったら兄貴、絶対怒るくせに！」

「言っても構わんと言っただけだ。腹を立てないとは言っていない」

兄弟の子供じみたやり取りを可笑《おか》しそうに聞いていた公恵は、静かに二人の間に割って入った。

「そのあと、一憲が言ったことが、私はとても嬉しかったし、安心したのよ」

大柄な一憲は、熊がウサギに対するように、背筋を軽く丸めて母親を見た。

「俺が、何を？」

「あらあら、覚えてないの？『子供を持つことが、奈津にとってはとても大きな、大切な夢だったことはわかる。だから、夢を失ったこれからの人生をあいつがどうするつもりなのか、俺にはわからないし、まだ聞ける段階でもない』って」

海里は、思っていたような感動的な台詞《せりふ》でないことに少し落胆して、軽く頭を掻《か》きながら、何か口を挟もうとした。だが公恵はそれを許さず、こう続けた。

「でも、一憲は自分もずいぶんガックリ来ているくせに、こうも言ったの。『それでも俺は、持てる可能性があまりに低い子供よりも、今の奈津が大事だ。奈津の心を守り、支え、共にいつか、新しい夢を見つけたい。少なくとも、俺のほうはそう思っているんだ』って。我ながら、いい息子を持ったって思ったわ」

初めて、深く傷ついた日の夫の想いを知り、奈津は心底胸を打たれた様子で絶句する。

公恵は、ニコッとして、軽く手を打った。

「それはともかく、水《すい》餃子《ギョーザ》がたくさんできたことだし、夕食にしましょう。続きの話は、食卓で。ね？」

海里は「ここで中断!?」と目を剝《む》いたが、奈津も、「そうね」と、さりげなく指先で目頭を拭《ぬぐ》って笑みを浮かべた。

「いつまでも狭いキッチンに詰まって立ち話ってのも変だわ。いちばんつらい事実はもう伝えられたから、あとの話はおまけ。一憲さん、テーブルのセッティング、お願いね」

「……わかった」

一憲は戸棚を開け、まずは高い棚から、水餃子用の大鉢を両手で取り出す。

それをチラと見てから、奈津は海里に向き直った。

「ね、海里君、私たちが水餃子を仕上げてる間に、プロの技でシャシャッと副菜を作ってよ」

「ええ！　俺、そこはまだプロじゃないんですけど」

「じゃあ、プロの弟子として」

「……うう、夏神さんを背負って作るの、プレッシャーだなあ。でもまあ、はい。何かリクエストはある？」

すると、水餃子を茹《ゆ》でるため、大きめのシチュー鍋《なべ》に水を張りつつ、公恵が即座に言った。

「玉子焼き！」

「はいはい。お母さんは、甘い奴が好きだよね。他には？」

「ちょっとスナック的な揚げ物！」

そんな奈津の希望に、海里は親指を立ててみせた。

「オッケー。それについては、夏神さんより俺のほうが上手《うま》いかも。兄ちゃんは？」

人前では意識して一憲を「兄貴」呼ばわりするくせに、海里はこの家に来て気を抜き始めると、「兄ちゃん」と昔のように呼ぶ。

棚から食器を出している最中で、弟に背を向けているのをいいことに、一憲はどうしようもなく緩んでしまった顔のまま、声だけは素っ気なく答えた。

「何か、汁物がほしいな」

素直にリクエストをくれた兄の広い背中を、海里は嬉しそうに見ながら請け合った。

「オッケー。じゃあ、お母さんと奈津さんは、水餃子用に左のコンロ使って。奥の火力弱めのコンロと、右の温度設定できるコンロは、俺が使いたい」

「はあい、わかりました～」

公恵は水を入れて重くなった鍋を持ち上げようとしたが、奈津がそれをサッと取り上げてコンロに運ぶ。

見れば、公恵の右手親指の付け根には、肌色の目立たないサポーターが装着されていた。海里は驚いて公恵に訊《たず》ねる。

「あれ、手、どうしたの？」

「歳のせいなんでしょうけど、バネ指なんですって。しばらく養生しろって言われてるんだけど、つい忘れちゃって」

「で、私に叱られるの。重いもの持っちゃダメって」

奈津はガスの火を点《つ》け、ちょっと自慢げに両手を腰に当てる。

「あはは、なんか、俺よりよっぽど、奈津さんのほうがお母さんの子供って感じだな」

海里の素直な感想に、公恵と奈津はちょっと驚いた様子で目を見張り、それから顔を見合わせて、ふふっと笑い合った……。


それから二十分後。

五十嵐家の四人は、久しぶりに共に食卓を囲んでいた。

テーブルの中央に置かれたのは、当然ながら、水餃子がたっぷり入った大鉢である。

いっぺんに全部茹でてしまうと冷めるので、半分だけをまず茹でたと公恵は言っていたが、四人で食べてもまずまず十分な数がありそうだ。

その鮮やかなブルーの鉢の周囲に、海里が作った副菜が並べられた。

まずは、公恵が希望した、甘くふんわりした玉子焼きである。

甘いといっても、砂糖の量は控えめにして出汁《だし》を利かせ、食感は柔らかく、風味は淡く仕上げてある。大根が一本まるまるあったので、葉がついている側を大根おろしにして、たっぷり添えた。

その隣の皿には、奈津のリクエストに応じて、「ばんめし屋」の面々が、最近の家飲みの定番おつまみにしているフライが盛りつけられている。

大根の尻尾《しっぽ》側三分の一の部分を太めのポテトフライくらいの棒状に切り分け、たっぷりのおろし生姜《しょうが》とほんの少しのおろしニンニク、胡椒《こしょう》、三倍濃縮のめんつゆを合わ

せたものに十分ほどひたす。めんつゆの色がほんのり滲《し》みたところで水気を拭《ふ》き取り、片栗粉をしっかりまぶしつけて、そのままやや高温の油に投入し、カラリと揚げたものだ。

そして、最後は皿ではなく、銘々用の白い小鉢になみなみと注がれている汁物が、一憲の希望に海里が応《こた》えたものだ。

「汁物は、鶏《とり》がらスープの顆粒《かりゅう》があったから、それで作った中華スープ。味を整えて、具は豆苗《とうみょう》と、あと大根の真ん中をピーラーでヒラヒラリボンにしたやつ。仕上げにごま油を垂らしてある。水餃子のタレもいいけど、このスープに入れて一緒に食べても美味《おい》しいと思うよ」

海里は説明しながら、まとめて置いてあったスープの鉢を、それぞれに配っていく。それが終わると、一憲は「貰《もら》い物だから、味は知らんが」と言いながら、冷えた白ワインのボトルを手にした。

どうやら、テーブルセッティングをした後、手持ち無沙汰《ぶさた》だった彼は、冷蔵庫に入れっぱなしだったワインボトルを持ちだし、四苦八苦してコルクを抜いていたらしい。テーブルの片隅に転がっている、上のほうが少しボロボロになったコルク栓がその証拠だ。

立ち上がり、全員のグラスに気前よくワインを注いだ一憲の顔を、皆、「何か言

え」と言わんばかりに見上げる。

「う……で、では、その。久しぶりに家族が元気に揃ったことを祝して……でいいのか？　乾杯」

「かんぱーい」

皆、口々に唱和して軽くワイングラスを合わせ、ほぼ同時に口をつけ、「うーん」と異口同音に唸《うな》った。

あまりワインを飲みつけていないので、ここにいる誰も、このワインの素性も、品質のランクもよくわからないのだ。

しかし、皆でワインを分け合って飲むという、その行為がもはや十分に幸せなので、誰も味については詳細な評価を下さなかった。

それより、料理である。

「大根フライは、先に食べちゃって。置いとくと水が出るし、冷えたら美味しくないんだ」

さっそく箸《はし》を伸ばした奈津は、一本頬張って、「んー！」と、ワインのときとは打って変わったわかりやすい歓声を上げた。

「何これ、外側はカリッカリだし、中はよく火が通って瑞々《みずみず》しい。さっき、めんつゆにちょっとだけ漬けてたわよね。あれでこんなにいい感じに味が入るの？」

「うん。もっと長く置けば、もっとしっかり味が入るけど、俺はこのくらいが好き。大根そのものの味がちゃんと残ってるからね」

公恵と一憲もさっそく食べてみて、それぞれ驚いた顔をした。

「まあ、ホントに美味しい。これは揚げたてが命よね。衣が湿っちゃったら台無しだわ。海里、これ、片栗粉？　それとも小麦粉？」

「片栗粉。カリッとさせたいときは、片栗粉だよ。あと、すぐ水が出てくるから、片栗粉をまぶしたらその足で油へぶち込むのがコツ。あと、長く油の中に置きすぎても水が出て跳ねまくるから、短時間勝負って覚えといて」

公恵は、こっくりと頷《うなず》く。

「わかったわ。頑張ってうちでも作るわね……なっちゃんが」

「私!?」

「だって私、バネ指だから。菜箸《さいばし》は重くて持てないわ」

「うっそだー！　油跳ねが怖いんですね！」

「怖いわよ。私、子供たちに昔、イカリングが食べたいって言われて、張り切って揚げたら衣が薄すぎて、油が跳ねて跳ねて。逃げ惑いながら揚げたのよ。台所は油まみれだし、私は小さな火傷《やけど》をたくさん作って……ほら、ここ。まだうっすら残ってる」

公恵は憤慨した様子で、部屋着の上着の袖《そで》を少し上げてみせる。なるほど、手首の

小指側に、薄く小さくではあるが、円盤状の火傷の痕《あと》が残っていた。

「その節は、申し訳ありませんでした」

「でした！　覚えてないけど」

　すかさず律儀に謝る一憲と、さりげなくしらばっくれる海里に、奈津と公恵は楽しげに笑う。

　開けっぴろげな奈津の笑顔を見ながら、海里はさっきの話を再び持ち出してみた。

「あのさ、奈津さん、今、いつもどおりだけど……やっぱ、さっきの話のときは、しばらく引きずった？　その、言いたくなかったらいいんだけどさ」

　せっかくの食事がまずくなると言われたら話題を素速く変えようと思っていたが、奈津は「よくぞ聞いてくれました。滅茶苦茶《めちゃくちゃ》引きずったわよ！」と明るく言った。

「でもいいの。喋《しゃべ》りたいわ。ここからは、いい知らせのほうだもの」

「それ、全然、いい知らせじゃなくない!?」

「いい知らせになるのよ」

　楽しげに断言した奈津は、しかしちょっと申し訳なさそうに肩をすぼめ、義母と夫を見た。

「でも……あの頃は、私が鬱々《うつうつ》としちゃって、家の中が暗かったわよね。今さらだけど、ごめんなさい。結婚して子供を産むっていうのが長らくの夢だったから、何だか

抜け殻みたいになっちゃって」

「別に謝ることはない。だが、家の中が暗かったのは事実だな。俺も、自分の生殖能力に大いに問題があるなんて事実を突然突きつけられて、目の前が真っ暗になった。正直、しばらく立ち直れなかったよ」

一憲も、水《すい》餃子《ギョーザ》を海里が作ったスープの中に二つ取り分けながら、ボソリと告白した。公恵も、それに短く同意する。

「私は、そんな二人にどう言ってあげたらいいかわからなくて、ただオロオロするばかりだった。今年の夏は、暑かったのに、酷《ひど》く冷えていたわね」

酷く冷えていた、という言葉に、夫婦は頷きで同意する。

「私、あの頃は確実に病んでたわ」

奈津はそう言って、大根フライをぽくぽくと齧《かじ》りながら告白した。

「他人の妊娠や出産の話を聞くたび、どうしてみんなは当たり前みたいに子供を産むことができるんだろう。私は普通の生い立ちじゃないから、子供を産む資格がないって神様に言われてるんだろうか、なんて勘ぐったりして」

「奈津さんらしくねえなあ……！　でも、そんだけショックだったんだよね」

海里に労《いたわ》りの口調でそう言われ、奈津は当時のことを思い出したのか、軽く涙ぐんで頷いた。

「職場の動物病院で、ペットの出産の話を聞くだけで動揺するくらい、ナーヴァスになってた。本当に……心のいちばん太い柱がボキッと折れたみたいな状態だったのよ。一憲さんやお義母《かあ》さんが慰めたり励ましたりしてくれようとする言葉も、全然心に入ってこなかった。ずっと家族と生きてきた人たちに、親の顔を知らない私の気持ちなんか、本当に理解できるわけがない。そんな嫌な考えが、胸にぎゅうぎゅうに詰まってたの」

公恵と一憲は、当時の奈津を思い出したのか、痛そうな顔をする。海里も、力なく首を振った。

「……ごめん。俺に相談してくれればよかったのにって言えないのが悔しいよ。俺も、わかんないもん」

すると奈津は、少しだけ口角を上げてこう言った。

「他人の気持ちが、丸ごとわかるなんてことはありえないのよ。そして当時の私には、一憲さんやお義母さんの気持ちがわからなかった。ううん、私の気持ちがわかるわけがないって思う一方で、二人の気持ちをわかろうとしていなかった」

「それって」

海里は、奈津の何げない言葉にハッとした。

（わからないのは、わかろうとしないから）

こんな家族の大切な話をしているときに、と自己嫌悪するものの、海里の胸中には、「花束をめぐる諍《いさか》い」のことが甦《よみがえ》っていた。

自分とはまったく違うタイプだ、好感を持てない、理解できない……自分が演じる「夫」について、海里は初読みのときから、嫌悪感ばかりを募らせてきた。

何故、彼は妻を愛しながらも、同じだけの熱量で別の女性を愛するに至ったのか。

彼の人生において、どんな境遇が、あるいはどんな人との出会いが、はたまたどんな経験が、そうした彼の恋愛におけるポリシーを形作ったのか。

そういったことを、海里はこれまで少しも考えず、ただ、「夫」が理解できないと悩むばかりだった。

（そうか……。これが、一昨日《おととい》、山里さんに取材に行ったとき、淡海先生が言ってたことに繋《つな》がるんだな。「心の成り立ちを知らずして、他人の記憶を正しく理解することはできない」、淡海先生はそう言ってた）

海里は、淡海の言葉を改めて嚙《か》みしめる。

（たぶん、「心の成り立ちを知らずして、他人の言動を正しく理解することはできない」って言うこともできるんじゃないかな）

そんな海里の思索をよそに、奈津は淡々と自分の葛藤《かっとう》を語った。

「私、お義母さんと一憲さんが、私の生い立ちから来る想いの強さや苦しさを想像す

るしかなくて、苦しい、つらい、申し訳ない……そう感じてくれてるってことに気づけなかった。自分の苦痛が重すぎて、心が押し潰《つぶ》されていたのね。家にいたら二人の視線に息が詰まって、でも他に行くところはないから、仕事に逃げてた」

海里は自分の物思いをとりあえず胸の深いところに押し込め、再び奈津との対話に戻る。

「仕事……っていうと、獣医さんの仕事に？」

奈津は、やけっぱちの大口で水餃子を丸ごと頬張って、頷いた。もぐもぐと咀嚼《そしゃく》し、飲み下すまでの間に、言葉を探していたのだろう。彼女は、恥ずかしそうに告白した。

「私のことを誰よりも心配してくれてる二人から逃げて、ずっと病院に詰めてた。残業も休日出勤も片っ端から受けて、家に帰るのは二人が寝てしまってからにしようとか、話しかけられても、『疲れてるから』って断れるようにしようとか、週末は極力顔を合わせないようにしようとか……そういうことをしてたの」

「ありゃー……」

奈津にそうやって逃げ回られていた一憲と公恵が目の前にいるので、ある意味、この中で唯一「部外者」である海里には、言うべき言葉が思いつかない。

一憲は、「旨《うま》い」と、海里のスープに簡潔な賛辞を贈ると、やはりいつものように感情を抑えた声音で言った。

「あの頃は、つらかったな。無論、いちばんつらかったのは奈津だが、理解したい、感情を共有したい、寄り添いたいという俺たちの想いが、奈津を追い詰める悪循環になってしまっていた。だが、だからといって、ただ放っておくこともできなかったんだ。わかるだろう？」

「わかる」

珍しく素直に兄に同意して、海里は不思議そうに奈津を見た。

「そんな酷いことになってたのに、どうやって立ち直ったの？　お母さんや兄ちゃんと、どうやって関係を修復できたの？」

すると奈津は、照れ臭そうな笑顔で、「塩ロールパン」と言った。

「は？」

呆気《あっけ》に取られる海里に、奈津はふふっと含み笑いをしてこう打ち明けた。

「そんなときに、何も知らない院長先生に『最近、いくら何でも働き過ぎだから、今日は定時で上がりなさい』って言われちゃって、いやいや早帰りした日があったのよ」

「いやいやって」

「悪かったけど、ホントなんだもの。でね、まっすぐ帰るのも気が進まなくて、岡本駅前をブラブラしてたら、焼きたてのパンのとってもいい匂いが漂ってきたの。その頃は食欲なんてまるでなかったのに、その匂いを嗅《か》ぐなり、みぞおちがぎゅーってな

って」

　食べ物の話になると、つい前のめりになってしまう海里は、うんうんと小さく頷《うなず》いた。

「わかる！　俺も、気持ちがクサクサするとパンを焼いちゃうこと、たまにある。そんで？」

「どのパン屋さんからかなって思ったら、ドンクだったのよ。吸い込まれるみたいに店内に入ったら、塩ロールパンがちょうど焼きたてで、これの匂いだ！って気付いたら、もう五つ買ってた」

「自動購入かよ。でも、わかるよ。あれ旨いよね」

「でしょう？　焼きたてだから、袋を触ると、ほんのり温かくて、やっぱりいい匂いで。我慢できなくなって、天井川《てんじょうがわ》を渡って人気《ひとけ》があんまりなくなったあたりから、袋の中でちぎりながら食べ始めちゃったの」

「超わかる。俺も絶対やる。何なら、帰る前になくなるやつ」

「でしょ！　ところがそれを、ご近所まで用事で出掛けてたお義母さんに見つかっちゃって。『これっ、なっちゃん！』って怒られちゃったのよね」

　公恵は決まり悪そうな顔で、肩を竦《すく》めてみせる。海里は、ようやく人心地がついて、水餃子を口に放り込んで言った。

「そりゃまあ、怒るよな」

だが、奈津は今度はその軽口に乗ることはなく、真顔になってこう続けた。

「それがさ。私も最初、『お行儀が悪い！』って叱られると思って、身構えてたの。それなのに、お義母さんたら駆け寄ってきて、『お願いだから、家に帰るまで我慢できないほどお腹ペコペコになるまで働かないでちょうだい。お仕事が大好きだってことはよくわかってるけど、健康あっての仕事よ』って言われて……」

予想外の展開に、海里は言葉に詰まる。

「あ、この人、『うちの嫁が外で歩きながらものを食べたりして体裁が悪い』と思って怒ってるんじゃないんだ、私の身体のことを本気で心配してくれてるんだって思ったら、胸にぐさーっと来て、思わず天下の公道でぼろぼろ泣いちゃったの」

「うわー……お母さんはどうしたの、それ」

公恵は「聞いてよ」と言うような身振りをして答える。

「私も慌てちゃって、『ごめんなさい、叱ってるんじゃないのよ、心配なのよ。家にいないときは、あなたを守ってあげることができないんだから』ってフォローのつもりで言ったのに、なっちゃんったらますます……子供みたいにわあわあ泣いちゃって。焦ったわ」

「お義母さんこそ！　家に入ってどうにか落ちついて、二人でパンを食べながら、泣

いちゃった理由を説明したら、号泣したじゃないですかあ！」

「そりゃするわよ。だってこの子、『私が泣いたのは、この人は義母としてじゃなく、私のお母さんとして心配して叱ってくれたんだって、そう感じたから』なんて言うんだもの。泣くわよ。泣くでしょう？」

「あー、俺も泣く。絶対泣くわ」

　公恵の力説に、海里も大いに同意する。奈津は、クスクス笑ってこう付け加えた。

「二人でわーんって泣きながらパン食べてたら、帰ってきた一憲さんが血相変えて、『何があった⁉』って。で、説明したら一憲さんも泣いちゃって、三人でパン齧《かじ》りながら爆泣き大会」

「……ゴメン、俺、その輪にはちょっと入れなかったかも。けど、そっか。お母さんにとっては、奈津さんはもうホントに娘なんだ」

　公恵は「何を今さら」というように即答する。

「当たり前でしょ？　ずっと一緒に暮らしてるんだもの。いつまでも『一憲が連れてきたお嫁さん』だの『義理の娘』だの、思い続ける必要なんてないじゃないの。そりゃ、なっちゃんを産んだのも育てたのも私じゃないけど、そんなこと言いだしたら、海里を産んだわけでも育てたわけでもないお父さんは、海里の実のお父さんじゃなくなっちゃう」

普段は誰よりも常識人の公恵が繰り出してきた型破りな理屈に、海里は盛大に噴き出した。

「ド極論で来たな！　でもまあ、そうだよな。お父さんは、俺とはほとんど接点がなかったわけだけど、それでもお母さんや兄ちゃんが話をしてくれたり、遺品が家にあったりするから、何となく繋《つな》がりを感じることができる……みたいな」

「親子って、そういうものよ。不思議と切れない絆《きずな》があるかと思えば、気付かないうちに切れている絆もあって、一方でいつの間にか生まれている絆もある。私はなっちゃんのことを、遅れてやってきた娘だと思ってる。だからね、そのときに二人に言ったの。特別養子縁組はどうかしらって」

「特別養子縁組って……聞いたことはあるけど、何が特別なの？」

海里の疑問に、公恵は実にわかりやすく答えた。

「私も、何かなっちゃんと一憲の助けになれないかと思って色々調べて知ったんだけど、特別養子縁組っていうのは、事情があって産みの親が育てられない子供たちを、戸籍上、実子と同じ扱いで養子に迎えることができる制度なの」

「あ、なるほど。養子じゃなく、実子で戸籍登録されるから、特別」

「他にも色々と普通養子縁組との違いはあるけれど、いちばん大切なことは、特別養子縁組は、子供の利益をいちばんに考える制度なんですって」

初めて知る情報に、海里はうーんと唸《うな》った。

「つまり、親になりたい、子供がほしいっていう大人の希望より、子供に幸せな家庭をっていうのが優先事項なわけか」

「勿論《もちろん》、親になりたい夫婦にも、相当な熱意と、制度についての理解と、準備と覚悟が必要よ。でも、私はそのとき、なっちゃんだからこそ、その制度で子供を迎えることができたら、その子の気持ちが誰よりもわかるんじゃないかって言ったの」

奈津は、しみじみと感謝の気持ちを口にする。

「お義母《かあ》さんにそう提案されて、私、自分の中の矛盾にようやく気付けたの。ずっと、自分が施設育ちだったから、自分の産んだ子を育てたい、それが『普通』のことだからって思ってた。でもそれって、自分自身を否定してるようなものよね」

一憲も、静かに口を挟んだ。

「俺も、最初は、わざわざそこまでして子供を持つ必要はなかろうと思った。でも、奈津のその言葉を聞いて、俺たちがそうした子供を引き取って我が子とすることで、奈津のような思いをする子を少なくともひとり、減らせるんだと気付いたんだ。それは、俺たち夫婦にとっても、お母さんにとっても、大きな意味のあることだと」

三人の話を聞いて、彼らの心には、もう特別養子縁組への確かな情熱が生まれていると感じた海里は、おそるおそる、誰にともなく訊《たず》ねてみた。

「じゃあ……特別養子縁組で子供を迎えるって、もう決定したの？」

だが、一憲はあっさりと「そういうわけじゃない」と答えた。

「え？　どういうこと？」

「話はそう簡単じゃない。子供一人の人生がかかってるんだ。俺たちはまず、説明会に何度も通って、特別養子縁組について知識を深めなくてはならないし、先輩の養親たちから経験談も聞かなくてはならない。それに、子供を引き取って育てる資格があるかどうかを、客観的に判断してもらわなくてはならない」

「実際、子供を引き取るとなったら、私たちも今までみたいな仕事中心の生活はできなくなるから、人生設計をやり直さないといけないし。簡単にはことは運ばないの」

夫婦かわりばんこの説明を、目を白黒させながら聞いていた海里は、「でも、奈津さんと兄ちゃんの間では、決心はできてるんだね？」と訊ねた。

奈津と一憲は、同時にきっぱりと頷く。

「まだ学び始めたばかりだが、一日も早く養親になれるよう、努力するつもりだ。子供を選ぶことはできないんですよと初日に相談に乗ってくれた団体の人に釘《くぎ》を刺されたが、それは実の子供でも同じことだ。親になるための環境作りを、奈津と共に進めていこうと思う」

息子の力強い宣言に、公恵も言葉を添えた。

「私も、二人をサポートできるように、一緒に勉強しているのよ。そして、もし子供を迎えることができるようになったら……海里、あなたのことも頼りにしたいの」

「……俺？」

「何をビックリしてるのよ」

キョトンとして自分を指さす海里を、奈津は面白そうに見た。

「だって、私たちの子供は、あなたの姪《めい》っ子か甥《おい》っ子になるんだもの」

「うわ、そうだ。そうだった。今の今まで若干他人事《ひとごと》感があったのに、いきなり当事者感覚が襲ってきた！」

「遅い。お前に、俺たちと共に制度について学べと要求するつもりはないが、我々の新たな夢が叶《かな》って子供を迎えられることになったら、お前はその日から叔父《おじ》さんだぞ。その自覚はどうにかして持ってほしい」

一憲にいつもの生真面目な調子でそんなことを言われて、海里は「そうだよなあ」と腕組みして言った。

「どんな子を迎えたとしても、絶対兄ちゃんとは将来、揉《も》めるもんな。そうしたら、誰よりも兄ちゃんと揉めてきた俺が、サポート役としては世界一適任だわ」

一憲は、不服そうに太い眉《まゆ》をひそめる。

「何故、俺と子供が揉めることが大前提なんだ」

「むしろ揉めない可能性がないでしょ。俺は兄ちゃんに勝てなかったけど、俺が味方につけば、甥っ子か姪っ子は、絶対に兄ちゃんを倒す！」

「いや、だから、何故そう話が剣呑《けんのん》なほうに行くんだ」

くだらない兄弟のやりとりを、公恵と奈津は笑いながら聞いている。

和やかな空気に包まれた食卓を、海里は感慨深そうに見回した。

「いつか、ここに子供が加わる日が来るかもしれないんだな。いや、きっと来るんだな」

「楽しみ？」

奈津に問われ、海里はにかっと笑って頷《うなず》く。

「勿論。そうなるように、俺も祈っとく。でも、お母さんの言うとおりだな」

公恵は小首を傾げる。

「私の言うとおり？　どの話？」

「さっき言ってた、奈津さんが『遅れてきた娘』だと思うって話。お母さんにとっては、奈津さんは、産んでないけど、遅れてやってきた自分の娘なんだな。そんで、奈津さんにもそういう『遅れてきた子供』が来て、奈津さんや兄ちゃんとほんとの家族になる。俺の甥っ子か姪っ子になる。なんかいいなと思って」

海里は素直な気持ちを言葉にしてみた。奈津も、やわらかな笑顔で同意した。

「血のつながりをわざわざ否定する必要はないけど、家族って、それだけじゃないでしょう。それを、私とお義母さんは誰よりも知ってる。一憲さんは、私とお義母さんが家族になるのを、誰よりも近くで見てきた。こんな私たちだからこそ作れる新しい家庭があるんじゃないかって、今はとっても楽しみよ」

「なっちゃんは孝行娘だから、遅刻しても自分から私のところに来てくれたけど、そうじゃないなら、こっちから迎えに行かなきゃね」

公恵も楽しげにそんなことを言う。

「そっか……。遠からず叔父さんになっちゃうかもしれないのか、俺。急に色々頑張らなきゃいけない気がしてきた」

真顔でそんなことを言う海里に、すぐさま一憲が、これまた大真面目に言葉を返す。

「是非ともそうしろ」

「いや、そこは父親になる予定の兄ちゃんが、叔父さんになる予定の俺に、お世話になる予定なのでよろしくお願いしますって言うところでは!?」

「誰が言うものか、そんなことを。近い将来に叔父になる自覚を持って、みずから励め」

「それを言うなら、近い将来に父になる自覚を持って、叔父さんになる俺に頼らなくてもいいように頑張れよな～」

「お前に言われるまでもない！　俺は今度こそ、我が子に尊敬され、慕われる存在を目指す！」

「……今度こそってことは、俺のときもそれ目指してたんだ……？」

「ウッ」

言い合いというよりはじゃれ合いに近いそんな兄弟のやりとりを、公恵と奈津は、ニコニコと楽しげに見守っていた……。

海里が実家から「ばんめし屋」に戻ったのは、午後十時過ぎだった。

週末は店が休みなので、夏神も海里も基本的にはそれぞれが自由に過ごす。

夏神はどうしているかと、海里は廊下から茶の間の様子を窺《うかが》ったが、カサリとも物音がしない。どうやら、出掛けてまだ帰っていないようだ。

そこで海里は自室に入り、眼鏡姿で留守番をしていたロイドに「ただいま」と挨拶《あいさつ》をするなり、布団の上に胡座《あぐら》をかいた。

そして、枕元にいつも置いている「花束をめぐる諍《いさか》い」の台本を膝《ひざ》の上で開く。

「お帰りなさいませ。ご実家は如何《いかが》でございました？　皆様、お変わりなく？」

ロイドはさっそく人間の姿になり、布団の端っこに膝を抱えて座る。

「うん。みんな元気だった。ごめんな、長く留守番させて」

そう言う間にも、海里の手は忙しくページをめくる。

「いえいえ、ご家族の団らんのひとときにお邪魔をするわけには参りませんからね。わたしはここで、ゆっくり骨休めをさせていただきました」

「そりゃよかった」

「ご実家でお食事を？　何を召し上がったのです？」

「んー。水餃子《すいギョーザ》とか、そのへん」

「美味《おい》しかったですか？」

「んー。あ、これ、お土産って、奈津さんが」

持ち帰った紙袋をロイドのほうへ押しやり、海里は再び台本に視線を落とす。

さっきから、一応会話にはなっているものの、海里の言葉は明らかに上の空だ。

無論、久しぶりに家族と過ごす時間は楽しかったし、思いがけない特別養子縁組の話も弾み、近い将来に起こるかもしれない変化へのワクワクも高まった。

しかし、養子のことは正式に決定するまでは四人だけの内に留《とど》めておこうと一憲に言われたこともあり、ロイドや夏神に話すことも控えようと海里は心に決めていた。

それが話題の中心だっただけに、帰宅して、ロイドにしてやれる土産話がほとんどなかったのである。

さらに、二日前の淡海とのやりとり、そして数時間前の奈津の言葉から、海里は役

の解釈法について、大きなヒントを得たような気がしていた。

その興奮が冷めないうちに、早く「花束をめぐる諍い」を再読し、もう一度、自分に与えられた役柄である「夫」について考えてみたくて仕方がなかったのである。

どうやら、海里がまだリラックスして自分とのお喋《しゃべ》りを楽しむ気分ではないと悟ったロイドは、静かに紙袋の中をあらため、可愛らしい猫が描かれた焼き菓子の缶を引っ張り出した。

そして、海里の邪魔をしないよう壁際に移動して、それはそれは慎重に缶を開け、中にぎっしり詰まっている小さなクッキーをぽりぽり齧《かじ》りながら、主《あるじ》の真剣な姿を見守ったのだった。


翌日の午後二時、やはり眼鏡姿のロイドをポケットに伴った海里は、淡海邸を訪ねていた。

「すみません、急にお邪魔して」

「いやいや、今日は特に用事がなかったから。どうぞ。今、お茶を淹《い》れよう」

淡海は特に迷惑がる様子もなく、海里を自宅リビングに招き入れ、ソファーを勧めた。

「あの、お構いなく」

「構いたいんだよ、僕が」

遠慮する海里にそう言い返し、淡海はキッチンに姿を消した。

海里はシャツの胸ポケットの中にいるロイドに、小声で呼びかける。

「今日はどう？」

するとロイドも、ごく小さな声で答えた。

『やはり、純佳様の気配は感じられませんね』

「そっか……。まあ、今日の本題はそれじゃないけど、気をつけておいてくれよ」

『かしこまりました。海里様は、どうぞご存分に淡海先生とご討論を』

「ご討論になるかどうか……」

早くも自信なげな発言をして、海里はソファーに浅く腰を下ろした。傍らに置いたショルダーバッグから、例の「花束をめぐる諍い」の台本を引っ張り出す。

海里が台本をパラパラと読んでいると、やがて淡海がトレイにティーカップを載せて運んできた。

「今、好みの茶葉は切らしてるんだけど、これもまあ悪くないと思うよ。熊本の紅茶。ストレートがおすすめ。さ、まずは召し上がれ」

そんなことを言いながら、淡海はコーヒーテーブルにティーカップを置き、自分も海里と向かい合わせになるよう、こちらはゆったりとソファーに身を沈めた。ときに

持て余し気味の長い脚を組む動作が、やけにさまになっている。

「いただきます。っていうか、熊本でも紅茶が？」

「明治時代から作っていたらしいよ」

「へえ……。あ、これ、ささやかなお土産です。店の近所にあるお店なんですけど」

海里は大事に提げてきた小さな紙袋を淡海に差し出した。

「気を遣わなくていいのに。でも、ありがとう。開けていいかな」

海里が頷《うなず》いたので、淡海は紙袋からオレンジ色の細長い紙箱を取り出した。

中に入っているのは、一つずつ大切に包装された、白くて小さなリング状の焼き菓子である。

「可愛いね。ちょうど紅茶のお供によさそうじゃないか。お持たせだけど、君もお一つどうぞ。ときに、これは何て店？」

「ええと、『ポッシュ・ドゥ・レーヴ芦屋』です。焼き菓子がことごとく旨《うま》いんですけど、やっぱりこの和三盆サブレがシグネチャーだと思うんで」

「へえ。是非ともいただこう」

淡海はサブレを一つ、指先でヒョイと取ると、包装を解いて中身を取り出した。

リング状の分厚いサブレは、和三盆の粉糖にまんべんなく包まれ、まるで粉雪を固めたように見える。

無造作に口に放り込んだ淡海は、ひと噛《か》みして「お」と細い目を心持ち見開いた。

「これは食感と風味が抜群だな。歯を当てるとほろっと崩れて、バターの香りが広がる。あとから和三盆の優しい甘さと、マカダミアナッツのまろみのある香ばしさが追いかけてくるね」

「……先生。料理コーナーをやってた俺より食レポが上手《うま》いの、若干酷《ひど》いんですけど」

恨めしげな海里に、淡海は悪びれない笑い声を上げた。

「あっはっは、うっかりテレビに出て、番組内であれこれ食べさせられることが増えたものだから、つい上達してしまった」

「作家の語彙《ごい》を食レポに使うのはずるいなあ。でも、気に入ってもらえてよかったです。俺、凄《すご》く好きなお菓子なんで」

淡海が手振りで勧めてくれたので、海里もサブレを一つ取り、頬張る。

とにかくさっくりと繊細な食感で、バターが豊かに香るわりに味わいはとても軽やかだ。次々と食べてしまいそうになるが、丁寧に作られていることがわかるので、大切に食べようと思い直す、そんなお菓子でもある。

「このお菓子は、東京に行くときの手土産候補に是非とも加えたいね。この味は、きっと純佳も気に入る……ああ、いや」

晴れやかな顔で妹のことに言及しかかった淡海は、不意に眉《まゆ》を曇らせ、視線を海里から逸《そ》らした。

「それで？　今日の用向きは何なんだろう」

（あ、話題を変えた）

海里のシャツのポケットの中で、ロイドが眼鏡のまま、しかも声は出さずにぴょこんと小さく動く。

おそらく彼も、海里と同じ疑念を持ったのだろう。

だが、今は淡海の妹のことを話すべきタイミングではない。

海里は「待て」と言うかわりにポケットに軽く触れ、それから台本をちょっと持ち上げて淡海に示した。

「実は、『花束をめぐる諍い』について、この前、淡海先生がくださったヒントを基に、改めて考えてみたんです」

淡海はどこかホッとしたような顔で海里に向き直り、軽く身を乗り出した。

「ふむふむ、役作り……というか、朗読の表現方法についてだね。何を考えたんだい？　そして、僕はどんな風にお役に立てるだろうか」

快く水を向けてもらい、海里は思いきって正直に告白してみた。

「何度読み返しても、やっぱり俺はこの『夫』、サイテーな奴だと思います。俺なら

こんな素敵な奥さんを絶対裏切らない。ああいや、こいつは裏切ったなんて思ってないから、余計に腹が立つんですよ」

「ふむ。この前、『シェ・ストラトス』でも、そんな風な話をしていたね。君の『夫』に対する意識は、まったく変わっていないわけだ」

「それはそうなんです。俺的に、二股《ふたまた》は絶対許さないんですけど、でも、こいつがそうなっちゃった理由を……こないだ先生が仰《おっしゃ》っていたように、こいつが生きてきた道のりを知らずに、こいつの行動を理解することは一生できないんだろうなって」

「ふむふむ」

「だから是非とも、この『夫』のこれまでの人生の歩みを知りたいと思ったんです。そうしたら、もっと彼を理解して、自分を寄せていくことができるかな、もっと欲張るなら、自分の内に取り込んでしまうことができるんじゃないかなと」

　淡海は、明らかに面白がっている、そしてちょっと意地悪そうな視線を海里に向ける。

　海里はそれに気付いて少し躊躇《ためら》いつつ、再び台本を淡海に示した。

「でも、この作品の中には、そういうのないじゃないですか」

「そうだねえ。確かに」

「でも、作者である淡海先生の設定の中には……ある？」

「そりゃあるさ。生まれてからこの作品までのすべての瞬間があるとは言わないまでも、主要なヒストリーはキャラメイクの時点でざっと設定するよ」

「それを見せてもらうわけには！」

「いかないね」

「即答された……！」

ガックリ肩を落とす海里を、淡海は立てた人差し指を軽く左右に振り、教師のような口調で窘《たしな》めた。

「だって、それじゃカンニングじゃないか、五十嵐君」

「それはそうなんですけど、作家本人に訊《き》けるなら訊いちゃったほうが、作家の意図に添えるかな、なんて思ったんです」

すると淡海は、細い眉尻《まゆじり》を下げ、「君は困った子だなあ」と零《こぼ》した。

「す、すみません」

「いや、責めてるわけじゃないんだけど、もっと今どきの子らしく要領よくこなすのかと思ったら、意外と泥臭くて生真面目で驚いたんだよ」

「うう……やっぱ、役者の才能ないですかね、俺」

しょぼくれる海里に、淡海は何かフォローの言葉を口にしかけてすんでのところで止め、むしろ彼にしては厳しい口調でこう言った。

「役者の才能以前の問題だよ。きみ、真剣に考えているようで、楽な道を選ぼうとしているじゃないか」

「楽、ですか？」

「作家の意図に添うなんて綺麗事《きれいごと》を言うけど、早い話が、僕から引き出した情報でキャラを作れば楽で確実だと思っているだろう？」

「そ、そこまでは思ってないです！　ただ俺、『夫』が女性に対して不実になっちゃうようなヒストリーを想像しようとしたら、『どっかの昼ドラで見た……』みたいな陳腐なことしか思いつけなくて」

「だからといってカンニングしていい理由にはならないね」

海里の弁解をバッサリ斬り捨てて、淡海は紅茶を一口飲み、それからこう言った。

「いいかい、五十嵐君。作品の解釈が演者によって違うからこそ、お芝居は面白い。中には、僕が原作を書いたとき、想像だにしなかったような設定を膨らませ、斬新な解釈をする役者もいる。でも、それでいいんだ。そうやって、作品は、僕とは別の道を歩いて行く。原作を託すというのは、作品に新たな命を吹き込んで、自由に飛び立たせてやってくれと願う行為なんだよ」

海里は、膝《ひざ》の上の台本に視線を落とす。

「じゃあ、これも」

「勿論《もちろん》。悠子さんと君が、この作品に命を吹き込むんだ。原作者の意図なんて、踏み台でいいんだよ。どんなに安っぽくても、君が自分で『夫』のヒストリーを考える。それが大事だ。まあ、悠子さんにはボコボコにされるかもしれないけれど、そこは甘んじて受けるがいいよ」

「うう……」

「だいたい君は、他人を失望させることに敏感過ぎるんだ。修業中の身なんだから、恥をどんどんかけばいいんだよ。それは、師匠がいる間しかできないことじゃないか」

「それは……わかってるんですけど」

それでもなお納得がいかない様子の海里に、淡海はこうつけ加えた。

「とはいえ、僕だって鬼じゃない。ちゃんと解釈の道標《みちしるべ》になるキーワードは、作品の中に鏤《ちりば》めてあるよ。まるで宝探しみたいにね」

海里はハッとして顔を上げた。

「それ、つまり、台詞《せりふ》の中に？」

「そう。この美味《おい》しいお菓子のお礼に、ちょっとだけ付き合ってあげよう。今、ここで台本を意識して読んで、キーワードになりそうな言葉を拾ってごらん。その答え合わせなら、付き合ってあげてもいい」

「マジですか！」

海里の目がたちまち輝く。淡海はソファーに再び深くもたれ、片手を軽く上げて「どうぞ」という仕草をした。それから傍らにあるリモコンを操作すると、室内にクラシック音楽が流れ始める。

「僕は、うららかな午後にぴったりなラヴェルなどを聴きつつ待つから、君はじっくり読んで、これはと思う文言を僕に聞かせてくれればいい。そうだな、三十分あげよう。宝探しゲーム、開始だ」

「了解です！　よろしくお願いします！」

ガバッと一礼するなり、海里は猛烈な勢いで台本に目を通し始める。

（宝探し……。どれだ、どの言葉が宝だ……？）

焦ると流し読みしてしまいそうだが、疑心暗鬼で丹念に読み過ぎると、三十分では最後までたどり着けない恐れがある。

（いや待てよ。最後にキーワードがあるってことはないだろ。……いや、淡海先生だからあるかな。淡海先生の小説、わりとトリッキーな奴が多いもんな）

警戒しながら、読み飛ばさないよう、しかしこだわりすぎないよう、「夫」と「妻」の発する言葉を何十回目かに辿《たど》っていく。

流れているのが海里の知っている歌なら、何曲過ぎたから何分が経過したか容易《たやす》く推測できるのだろうが、クラシック音楽にはとんと縁がなかったので、むしろ昼下が

りの眠気を誘われるばかりだ。

海里は音楽に意識を持っていかれないよう、途中からは耳を塞《ふさ》いでひたすら台本に集中した。

（あっ）

十数分は経過しただろうか。文字を指先でなぞりながら読んでいた海里の手が、ピタリと止まった。彼は顔を上げ、淡海に「宝」の候補となる言葉を提示しようとした。

「淡海先生、この『僕の母にとって、僕の父親候補はあまりに多すぎた』ってくだり……あれ」

海里の目の前で、優雅に音楽を楽しんでいるとばかり思っていた淡海は、静かな寝息を立てていた。

「先生、寝ちゃってる……。参ったな」

気持ちよさそうに眠る淡海を起こすのは気が引ける。しかし、このまま放っておいて、風邪を引かれても困る。

（何か、掛けてあげられるものはないかな）

海里は台本を脇に置き、そろそろと立ち上がった。

室内に、毛布か膝掛けの類《たぐい》はないかと、広い部屋に視線を走らせる。

と、シャツのポケットの中から、ロイドが珍しく慌て気味の声を出した。

『海里様！』

「おい、喋《しゃべ》るなよ」

海里も焦ってロイドを黙らせようとする。しかしロイドは、重ねて声を発した。

『淡海先生はぐっすりおやすみです。ですから……その』

「あ？」

『お出ましです』

「誰が？」

海里は軽く苛《いら》つきつつも、淡海のほうに向き直り……そして、危うく上げかけた驚きの声を、口を片手で塞ぐことでどうにか喉《のど》に送り返した。

長身を半ば斜めにして寝入っている淡海の隣に、長い髪をポニーテールにした、すらっとした体格の少女が座っている。

不思議なことに、少女の全身は半ば透けており、その身にまとう緑色のジャージの向こうに、ソファーの白が見てとれた。

「いた……！」

海里の口から、抑えに抑えた声が漏れる。

「純佳さん！」

呼びかけられた少女……とうの昔に死んだ淡海の妹の幽霊は、ゆっくりとソファー

から立ち上がり、口元にくっきりえくぼができる、見覚えのある笑顔で綺麗なお辞儀をした……。

五章　愛おしい喪失

目の前の純佳は、かつて淡海と「再会」したときとまったく変わらない外見をしていた。

死者は歳を取らないのだから当たり前だが、半ば透けていても艶《つや》やかな黒髪が、海里の目にはむしろ切なく映った。

『こんにちは』

純佳の唇がスムーズに動いて、少女らしい澄んだ声が海里の鼓膜を震わせる。だがその声は、ほんの僅《わず》かではあるが奇妙に歪《ゆが》んでいて、ワイドショーでよく耳にする、デジタル処理をされた音声のように感じられた。

海里は驚きつつも、「こ、こんにちは」と反射的に挨拶《あいさつ》を返す。

「お話しになれるのですね。お目にかかれて、本当にようございました」

人間の姿になったロイドは温かな笑みを浮かべて純佳にそう言うと、眠る淡海の顔を、軽く身を屈《かが》めてしげしげと見た。

「うたた寝にしては、あまりに深い眠り。これは、あなた様が？」

純佳はこっくりと頷《うなず》いた。頭の高い位置で綺麗《きれい》にまとめたポニーテールの先端が、本当の馬の尻尾《しっぽ》よろしく軽やかに揺れる。

『お二人にはお世話になりました。だから、お別れを言う時間がほしくて、お兄ちゃんには、しばらく寝ていてもらうことにしました。そうでなくても、最近よく眠れてなかったし』

純佳は眠りこける兄を悲しげに見て、視線を海里に移した。

半ば透けた身体ではもはや毛布をかけてやることもできないと訴えているのだと悟った海里は、自分が脱いだパーカーを持ってきて、淡海の痩躯《そうく》をそっと覆ってやった。

『ありがとう、ございます』

礼儀正しく礼を言う少女に、海里はかぶりを振った。

「俺も、そうしたかったんだ。淡海先生に、風邪なんか引いてほしくないからさ。ところで、さっきの『お別れ』ってどういうこと？　淡海先生、しばらく寝てるんだろ？　話せる？」

海里の問いかけに、純佳は頷いた。そして、『ほんとは、立ってても座ってても、自分ではあんまり感覚がないんですけど』と言いつつ、淡海の隣に腰を下ろした。

おそらくそれは、自分が突っ立っていては、海里とロイドが座れないだろうという

気遣いに違いない。

海里はありがたく、コーヒーテーブルを挟んで純佳と向かい合った。ロイドも、静かに海里の隣に腰を下ろす。

「それで？　お別れってどういうこと？　ここんとこ、純佳さんの気配が淡海先生から感じ取れないって、ロイドが凄《すご》く心配してたんだ。それと関係があるの？」

会話の口火を切った海里に、淡海に寄り添うように座った純佳は、緑色の高校指定のジャージの腿《もも》にきちんと手を置いて答えた。

『ずっと、考えてたんです。このままでいいのかなって。それで、消えることにしたんですけど』

それを聞いて、海里は慌てて片手を上げ、話を遮った。

「結論はちょっと待って。もっと根本的なところから聞かせて。このままっていうのは、純佳さんが、淡海先生の身体の中に宿って、一緒に暮らしていること、だよね？」

純佳の細い顎《あご》が小さく上下する。ロイドは眠っている淡海に遠慮して、やや小さな声で言った。

「ですが淡海先生は、永遠に失われたと思っておられた純佳様の霊魂がこの世に留《とど》まっているとお知りになったとき、それはもう喜んでおられました」

「そうそう。その後、純佳さんが自分の中で一緒に生きてくれることがめちゃくちゃ幸せだって、何度も聞いたよ、俺。純佳さんとの暮らしを、とても楽しんでるのがわかった。……でも、純佳さんはそうじゃなかった？」

　純佳の快活そうな顔が、スッと曇る。彼女は、眠る兄の痩《や》せた顔を見つめ、静かに目を伏せた。

『楽しかったです。私、お兄ちゃんのこと大好きだから。一緒に色んなところへ行って、色んなことをして……。お兄ちゃんは、私が何かを感じたいとき、自分の感覚を躊躇《ためら》わずに貸してくれるんです』

　純佳は兄に似たすっと長い指で、自分のぱっちりした目元を指した。

『お兄ちゃんの目で見て、耳で聞いて、鼻で匂いを嗅《か》いで、舌で味わって、指で触れて、足で踏んで……一緒に感じて、一緒にときめいて。それって、他の人には絶対わかんない感覚でした。親子よりも、双子よりも近い。でも一心同体じゃない』

「二心……同体？」

　海里が探るように言うと、純佳はニコッとして頷く。

『そんな感じ。でも、その二つの心も、とっても近い。頭が二つ、胴体が一つの生き物みたいに暮らしてきたんです。ほんとに楽しかった。歳が離れた兄妹《きょうだい》だから、お兄ちゃん、私が小さい頃から凄くお兄ちゃんで』

「わかる。年の離れた兄貴、めっちゃお兄ちゃん。ときおりオッサン」

『わかる！』

海里の実感のこもった言葉にすぐさま同意を示し、純佳は片手を口に当てて、兄を横目に見ながら明るく笑った。彼女の気持ちが高まるのに応じて、半透明だった身体が、ほんの少しハッキリ見えるようになる。

『さすがにちっちゃい頃オンリーの話だけど、私の初恋の人、お兄ちゃんだったんですよ』

「さ、さすがにそれはわかりきれないけど、ちょっとはわかる……ような気もする。凄く大人に見えて、頼もしかった……とか、そんな？」

海里は想像力を働かせてそう言ってみたが、純佳はそれを残酷なほどあっさり否定した。

『お兄ちゃんは、昔から頼もしくはなかったです。あんまり喋《しゃべ》らなかったし、いつも勉強してたし、遊びも知らなかった。でも……お兄ちゃんは優しかった。あんまり得意じゃないんだよって言いながら、よく自分が作った物語を聞かせてくれました。そういうお兄ちゃんへの憧《あこが》れが、初恋だったのかなって』

「うわあ、甘酸っぱいな〜。あ、いや、茶化してるんじゃなくて、マジで。うちの兄貴、そういうタイプじゃなかったからな。威圧感の塊だったから。今もだけど」

『いあつかん』

生まれて初めて聞く言葉のように繰り返す純佳に、海里は淡海を見やって、肩を竦《すく》めた。

「淡海先生は、威圧感と対極にいる人だよな。憧れが初恋直結かあ」

『その頃は、兄妹は恋愛しちゃダメとか、そういうことは知らなかったから』

「そりゃそうだ。でも今は、そういう感情じゃないんだろ？　淡海先生に恋してるから、一緒の身体で暮らすのがつらいとか、そういうことじゃないんだろ？」

『それは、違う』

純佳は正しい言葉を見つけようとするかのように、視線を宙に彷徨《さまよ》わせ、少し時間をかけて答えた。

『どう説明すればいいかわからないけど、恋愛は関係ない。お兄ちゃんは、私にとっては、守ってあげたい人でした。私が大きくなるにつれて、お兄ちゃんの本当のお父さんのこととか、色々苦しいことがある人なんだってわかって。お兄ちゃんは優しいけどとても弱い人だったから、いつだって、私が守ってあげる！　応援する！　そう思ってました。生きてる間も、死んでからも、ずっと』

「わかります。それはずっと感じておりましたよ。だからこそ、淡海先生は、純佳様がどなたよりも傍近くおられることを、心強く感じていらっしゃいました」

淡海にも純佳にも好感を持っているロイドは、声に力を込め、二人の関係を終わらせまいとする。

しかし純佳は、悲しそうにぽつりと言った。

『そうなんです。だから、ダメ』

「何が？」

怪訝《けげん》そうな海里の瞳《ひとみ》を、純佳は真っ直ぐに見つめる。

『去年の冬に、お兄ちゃんが五十嵐さんにしたこと』

「えっ？　あ、ああ」

一瞬、何のことかわからなかった海里だが、すぐに純佳の言いたいことを理解した。

淡海が、海里をモデルにして書いた小説、「天を仰ぐ」の映画化に際して、マスコミに、「主役には五十嵐カイリを希望する」と独断で明言してしまった事件のことだ。

無論、モデルになった人物に主役を演じさせたいというごく自然な想いが淡海にあったことは間違いないが、同時に彼は、かつて濡《ぬ》れ衣《ぎぬ》のスキャンダルで芸能界を追われた海里が、申し分ない環境で復帰が叶《かな》うとなったとき、いったいどんな行動を取るかを知りたがっていた。

言うなれば、親しい人間のひとりであるはずの海里を利用して、自分の好奇心を満足させるための「実験」を行ったわけである。

「あれはなぁ。けどまあ、客観的に見れば、ありがたい話だったわけだし……」

『そうやって、お兄ちゃんを甘やかすから！』

「えっ？　あ、ご、ごめんね……？」

いきなり軽い怒りの表情を見せた純佳に、海里は慌ててわけもわからず謝ってしまう。それを無視して、純佳は不服そうな顔つきで言った。

『お兄ちゃんは、私が一緒にいるようになってから、他の人のことがどうでもよくなっちゃった。それが、凄く怖かった』

「どうでもよくなったわけじゃないと思うけど。相変わらず、色々助けてくれるし」

海里は目の前で眠りこけている淡海を、どうにかフォローしようとする。だが、純佳はそれを無視してこう言った。

『私は、生きてるときから、お兄ちゃんのいちばんの味方だった。死んでからも、そう。そんな私が身体の中に一緒にいたら、お兄ちゃん、無敵モードになっちゃうの。さっきロイドさんが言ったみたいに、心強く思いすぎちゃうの』

ようやく純佳が言わんとすることを理解して、海里は思わず嘆息した。

「そういうことか。俺もあのとき、淡海先生って、そんな残酷な遊びをする人なのかってショックを受けた。許したっていっても、正直、心には小さな棘《とげ》が刺さったままだよ。気がつかないふりを通してるけどさ」

『ほんとに……ほんとに、ごめんなさい』

純佳に消え入るような声で謝られ、海里は笑って首を横に振った。

「妹に謝ってもらうようなことじゃないって。先生は大人なんだし、ちゃんと謝ってくれたし、もう終わった話だし。でも、そうか。今、わかったよ。どうして淡海先生が、俺にあんな酷《ひど》い実験を仕掛けたのか。あれ、何があっても、誰とこじれても、俺は、自分の中に最強の味方を住まわせてるんだ。怖いものなんかない……そういう気持ちからだったんだな。先生がそれを自覚してるかどうかは別にして」

純佳は深く頷《うなず》く。再び伏せられた睫毛《まつげ》が、ごく僅《わず》かに震えているのが海里にはわかる。

「大丈夫。俺、淡海先生のこと、好きだよ。それに……そこさえ先生に反省してもらえば、純佳さんが消える必要、なくない？」

だが、海里の取りなしに、純佳は毅然《きぜん》とした態度で主張した。

『ある』

「消えなきゃいけない理由が、他にも？」

『私はもう、死んでるから。この世界から切り離されたのに、お兄ちゃんの心に錨《いかり》を下ろしたから、ここに留《とど》まってるだけ。私はこれ以上成長できないし、歳を取ることもできないの。ずーっと変われない。ずーっと今のまま』

「それはまあ、確かに。でも、そこは問題かな」

『問題。これ以上一緒にいたら、私だけじゃなく、お兄ちゃんの時間も止まってしまう』

海里とロイドは、ハッとして顔を見合わせる。

『私がいればいい。私さえいれば大丈夫。そんな風に考えて生きてたら、本来、お兄ちゃんが出会うべき人に出会えなかったり、大事な存在になるはずの人をいい加減に扱ったり……お兄ちゃんは本当は気が弱いから、きっと、怖いこととかめんどくさいこととか嫌なこととか、新しい世界に飛び込むこととか、そういうのから逃げて、ずっと変わらない私と一緒にいるほうが安心だって思っちゃう。そういう人なの』

純佳は熱の籠《こ》もった口調でそう言って、眠り続ける兄を見た。

『それでも急に消えるのは怖くて、心配で、しばらく消えたふりをしてた。この一ヶ月くらいかな。お兄ちゃん、私がいなくなったと思って凄《すご》く凹《へこ》んで、あんまりよく眠れてないの。気がつかなかったですか？』

純佳のうっすら透けた指が、兄の閉じた瞼《まぶた》を指し示す。上瞼はときおり小さく痙攣《けいれん》し、下瞼には黒々したくまができていた。

海里は、決まり悪そうに肩をすぼめた。

「ゴメン。正直、淡海先生に関しては、〆切《しめきり》のたびにそんな感じになるからさ。多少、

寝不足そうな顔してても、またかって思っちゃってた」

『……私がいなくなったら、もうちょっとだけ気をつけてあげてください』

妹というよりはむしろ姉のような口調でそう言ってから、純佳は海里とロイドに深々と頭を下げた。

『それでもお兄ちゃん、踏ん張ってお仕事をして、「ばんめし屋」さんのおかげでどうにかごはんも食べて、ちゃんと生きてる。だから、これでいいんです。お兄ちゃんは、ひとりで生きていける。だから私、このまま消えます。あの、お店のマスターさんには直接お礼を言えなかったけど、お二人には最後に会えてよかったです。お兄ちゃんと再会させてくださって、ほんとにありがとうございました。これからも、お兄ちゃんをよろしくお願いします』

そう言ううちにも、純佳の身体が再び透明に近づいていく。

「待った！」

「お待ちを！」

海里とロイドは、もはや淡海を気遣う余裕もなく、ほぼ同時に大慌てで声を上げた。

『私、ちゃんと説明しました。心残りも、もうないです』

そんな二人の狼狽《ろうばい》ぶりに、純佳はむしろ不服そうに言い返す。

だが海里は、早口でこう訴えた。

「やっぱり、黙って消えるより、ちゃんとお別れを言ったほうがいいって」

『そんなことをしたら、お兄ちゃん、もっと凹むと思いますけど』

「それでも。面と向かってお別れできたほうがいいよ。だって……こないだの山里さんの取材のときも、もう消えたふりで、ホントは淡海先生の中にいて聞いてたんだろ、俺たちの会話」

純佳は言葉の代わりに、首を竦《すく》めてみせる。しっかり聞き耳を立てていたという仕草である。

海里は、あの日淡海に貰《もら》った、とても大切な、今の海里には灯火《ともしび》のような言葉を口にした。

「淡海先生、言ってた。『人間は、ただのデータバンクじゃない。思い出を保存する器は、心なんだ』って」

それは、純佳の心にも残っていた言葉だったらしい。彼女が真剣な面持ちで頷いたのを見て、海里は言葉を継いだ。

「淡海先生の心には、純佳さんのための場所がある。きっと、呆《あき》れるほどでかいエリアだよ。純佳さんが今、黙って消えたら、そのエリアは丸ごと空き家になっちゃうんじゃない？」

『空き家……』

「理由もわからず純佳さんがいなくなったら、先生はきっと、いつか帰って来る日のために、その場所をずーっと純佳さんのためにとっておくと思う。そういう人だろ」

　そんな兄の行動が容易に想像できたのだろう。純佳の意志の強そうな顔が、僅かに歪《ゆが》む。

「淡海先生に、心にどでかい穴を開けたまま一生を送ってほしいわけじゃないだろ？　さっき言ってた、先生の時間を進めてほしいってのは、純佳さんがいなくなったあとの穴を、他のことで埋めて生きてってほしいってことじゃないの？」

　海里の言葉をじっと噛《か》みしめていた純佳は、長いポニーテールが跳ねるほど勢いよく頷いた。

『でも、どうすれば、お兄ちゃんにちゃんとさよならが言えるかな。どうしたら、お兄ちゃんは、私のことをきちんと思い出にできるかな』

　独り言のように呟《つぶや》く純佳に言葉を返したのは、それまで黙って何か考え込んでいたロイドであった。

「あの取材の折り、淡海先生は、こうも仰《おっしゃ》っていました。『心の成り立ちを知らずして、他人の記憶を正しく理解することはできない』と。この場合の心の成り立ちとは、やはり、お二方の心が、淡海先生の身の内で共に生活なさった日々のすべてに他ならないかと」

海里と純佳は、同時に頷く。ロイドは、三人のやり取りを知ることなく眠り続ける淡海を痛ましげに見て、こう続けた。

「お二方が、純佳様の死後十三年を経て『再会』なされたのは、我等が『ばんめし屋』でございました。わたしの記憶が確かでしたら、その際お二方が召し上がったのは」

『冷やし中華』

ロイドが記憶の糸をたぐり寄せるより一瞬早く、純佳は弾んだ声を出した。

『昔、お兄ちゃんに私が作った、冷やし中華。ホントはけっこうまずかったのに、五十嵐さんが上手に作っちゃったやつ。美味《おい》しかったぁ』

「その節は、失礼しました」

先日の兄の真似をして、海里は自分のささやかな失態を大袈裟《おおげさ》に詫《わ》びてみせる。ロイドは、にこやかにこう提案した。

「で、あれば。今回も『ばんめし屋』で、やはりお二方の思い出の味でお別れされるのがよろしいのでは？　お二方で共に過ごされた素晴らしい月日の、ひとつの締め括《くく》りとなるような、そのような料理で」

海里は、ポンと手を打った。

「そうだ、それがいいよ！　夏神さんだって、絶対協力してくれる。何かない？　そ

れこそ、二人の『最後の晩餐《ばんさん》』に食べたいもの。今度こそ、忠実に再現するよ」

「私とお兄ちゃんの時間を締め括るための、料理」

「どうしてその料理を選んだのかも、詳しく教えてほしい。二人の心を……一緒に過ごした時間を、俺たちが料理に盛り込めるように」

勢い込んで訊《たず》ねる海里に、純佳はじっと兄の寝顔を見ながら考え込んだ。

むにゃむにゃと聞き取れないほど微《かす》かな声で寝言を言う淡海を愛《いと》おしげに見つめていた純佳は、やがて、「それなら……」と、静かな口調で語り始めた……。

*　　　*

「おい、イガ。そろそろオーブンの中見てくれ」

それから五日後、金曜日の夜、午後十一時過ぎ。

夏神に指示を受けた海里は、「はいよ」とすぐさま大型のオーブンの扉を開け、「あ、いい感じ」とひとまず扉を閉めた。

それからすぐに耐熱グローブを両手に嵌《は》めると再びオーブンを開け、注意深く天板を取り出す。

天板の上にぎっしり並べられているのは、鶏《とり》の骨付きもも肉である。

海里は天板全体を覆うように業務用の大きなアルミホイルをかけ、それを再び、温度を保温に設定し直したオーブンに戻した。

今日の日替わり定食は、夏神にしては「たまにはええやろ」と張り込んだ、ローストチキンである。

といっても、いちいち丸鶏をローストして切り分けるわけにはいかないので、骨付きのもも肉をひとり一本、出すことにした。

定食屋なので、それなりに料理を早く出す必要もある。前もって九割がた火を通しておき、注文が通ってから、最後の仕上げをして提供する。今は、何度目かの「九割焼き」作業の最中というわけだ。

「チキンの美味しそうな匂いが、再びこちらまで漂って参りました。まるでヨーロッパのクリスマスのようでございますねえ」

ロイドはウサギのように伸び上がってクンクンと鼻をうごめかせた。サラダ用に湯むきしたトマトを切る作業中だが、どうにもチキンが気になるらしい。

「クリスマスの日替わりに、ローストチキンなんて出したことないのにな」

海里が大きな耐熱グローブを外しながらそう言うと、夏神は、サラダと共にチキンに付け合わせる、フランス風ポテトグラタンのこれまた何度目かの作り足しをしながら、こう言い返した。

「今年は出そうと思うとんねん。これは、その予行演習みたいなもんや」

「そうなの？　マジで！　それはちょっと楽しみだな。お客さん、喜んでくれそうだから、決定したら早めに告知しようよ」

海里はワクワクした顔で、オーブンのほうを見た。

「けど、そんときは鶏もも肉、早めに冷凍で仕入れたほうがいいかもね。クリスマス前は、品薄になりそうな気がする。そのためには、冷凍庫のスペースがいっぱい必要だから、今あるストックを使うような献立を考えなきゃだね」

夏神は、皮を剝《む》いたジャガイモをスライサーで薄く切りながら、ちょっと感心した様子で海里を見た。

「おっ、お前もそういうことをちゃんと考えて段取りするようになったか」

「俺だって、ちょっとくらいは日々進化してるんです〜。あっ、いらっしゃいませ！」

海里が胸を張って言い返したそのとき、店に客が入ってきた。

近所の美容院の女性店員三人連れだ。海里はすぐに人数分の熱いお茶を用意し、客席に運んだ。

「お茶どうぞ。今日はえらく遅いお越しですね」

いつもはもっと早い時間帯に来る客なので、海里は意外そうに声を掛けた。

　経営者である五十代の女性が、意味ありげな視線をカウンターのほうに投げて言った。

「だって、ローストチキンでしょ？　これを逃す手はないわ。だから、カットモデルさんに来てもらって、勉強会をしてたんよ」

「あー、なるほど。美容師さんの勉強会って、こう、カットの方法とか？」

「も、あるけど、今日は、この冬お勧めのカットとカラー」

「へえ。今年のお勧めカラーは何なんですか？」

「やっぱり根強くアッシュ系やね。個人的には、アッシュグリーンを差し色にするんがお勧め。五十嵐君、似合うと思うわ。カットモデルになってくれるんやったら、いつでも歓迎よ」

「考えときます！」

　そんな軽やかな会話をしながら、海里はカウンターの中に戻り、さっきオーブンに戻した天板を再度取り出して、人数分のもも肉を皿に取り、夏神に渡した。

　夏神はフライパンを熱し、鶏もも肉の皮目を下にして並べた。ジュウッという音と共に、鶏の皮が焼けるたまらない匂いが辺りに漂う。

「マジで旨《うま》そう」

　素直すぎる感想を漏らしつつ、海里はシチュー鍋《なべ》から小鍋に「色々野菜のポタージ

ュ」を人数分よそって温め直し、再びオーブンを開けて、先刻、チキンと一緒に焼き上げたばかりのポテトグラタンの容器を取り出した。

「サラダの盛り付け、完了致しました」

「オッケー」

　ロイドが白い皿の一角に盛りつけたのは、いつものキャベツの千切りではなく、コールスローとくし切りのトマトである。

　海里がそこに、表面がこんがりきつね色に焼けたポテトグラタンをスプーンで掬《すく》って気前よく盛りつけると、夏神が皮目をパリッと焼き付けたローストチキンをどんと載せ、主菜の皿は完成となる。

　ロイドが皿をトレイに載せて客席に運ぶと、女性たちは歓声を上げた。

「うわあ、ご馳《ち》走《そう》や！　このお店で、ナイフとフォークで食事するて、滅多にないもんねえ。洋食屋さんに来たみたい」

　海里は熱々になったスープを平たいカップに注ぎながら、声を張り上げた。

「手でもってかじってもらうのもアリですよ。でもってうちのマスター、もともとは洋食屋出身ですから！」

「おい、イガ。要らんこと言わんでええねん」

　夏神は照れて海里を軽く睨《にら》んだが、客たちはそれを聞いてますます喜んだ。

「ほな、本格派ですね！　美味しそうやもん。このポテトグラタンの匂い。これ、お芋だけみたいやけど、なんでこないええ匂いすんの？」

　すると海里は、調理台の隅っこに置いてあった、まだ皮付きのままのニンニクを手に取って、三人に示した。

「ニンニクをね……」

「いやっ、ちょっと待ってよ。うちら客商売やで？　明日《あした》も仕事やのに」

「最後まで聞いてくださいって。これは食後低臭ニンニク。ほとんど嫌な臭いは残らないです」

「あら、そうなん」

「ついでに言うと、ニンニクそのものを使うっていうより、最初に容器の内側にニンニクを擦《こす》りつけて、香りをほんのり移す程度なんです」

　それを聞いて、三人はホッとした様子で笑みを交わし合った。

「ほな、心おきなく食べられるわ」

「ホンマです。ご配慮ありがとうねえ」

「いえいえ。うちの店、客商売の人がお客さんで来てくれることが多いんで、そこは注意してます。……あと、スープとごはんが行きます。ロイド、頼むな」

「かしこまりました！」

接客が大好きなロイドは、軽やかな足取りで厨房《ちゅうぼう》に戻ってきて、また客席へと料理を運ぶ。

その溌剌《はつらつ》とした姿を見守りつつ、夏神は、まさにグラタン用のぼってりした陶器の内側にバターを塗り、ニンニクの切り口を擦りつけつつ、海里に低い声で訊《たず》ねた。

「明日の準備は順調か？」

海里も、客席に聞こえないボリュームの声で答える。

「うん。さっき確認のＬＩＮＥした。淡海先生は予定どおりオッケー」

「お前の準備のほうは？」

夏神に問われ、海里はちょっと困り顔で答えた。

「万全って言いたいところだけど、明日のことを考えただけで緊張してくる。でも、今の俺のベストを尽くすよ。……夏神さんのほうは？」

夏神は、大きくてごつごつした手からは信じられないほど丁寧に、容器の底にスライスしたジャガイモを少しずつ重ねて敷き詰めながら答えた。

「単純な料理ほど、作ってみたら難しい。その典型やけど、どうにかこうにか上手《うま》いこと作れたらええな。今日のこのポテトグラタンが、ちょっとした練習みたいなもんや」

「……あ、そうか！」

海里は納得顔で頷《うなず》き、改めて夏神に軽く頭を下げた。

「俺が勝手に決めてきちゃったことに、乗ってくれてホントにありがとう。夏神さんが一緒にやってくれるだけで、すげえ心強い」

すると夏神も、ホロリと笑って「アホか」と言った。

「俺かて、淡海先生にはお世話になっとる。俺らができることなんか小さいもんやけど、力を合わして、ちょっとでも先生のお役に立てたらええな」

夏神は、ジャガイモを一段並べたところで作業の手を止め、大きな拳《こぶし》を海里のほうにヒョイと差し出す。

頑張ろう、と言葉で応じる代わりに、海里も自分の拳を夏神の一回り大きなそれにごつんとぶつけ、自分自身に改めて気合いを入れたのだった。

そして、いよいよ翌日、土曜日の午後七時過ぎ。

予定よりもほんの少し遅れて、淡海はタクシーで「ばんめし屋」にやってきた。

「やあ、今日はお招きありがとう。店はお休みだろう？　僕のためにわざわざ申し訳ないみたいだね」

店に入ってくるなり、淡海は本当に恐縮した様子でそう言った。

実は淡海は、まだ今日の「ご招待」の目的を知らない。

海里は夏神に頼んで、「いつもお世話になっているので夕食を差し上げたい」と淡海に連絡してもらったのである。

淡海は、「最近あまり調子がよくないから、たくさんは食べられないだろうけれど、それでもよければ」と招待を受けてくれた。

そして、今。

先日のインタビューのときと似た、タートルネックのセーターにカジュアルめのジャケットという服装の彼は、不思議そうに店内を見回した。

「あれ？　今日はマスターとロイドさんだけかい？」

確かに、そこには海里の姿がない。

エプロン姿のロイドが、実ににこやかに「ちと事情がございまして」とだけ説明し、淡海をカウンター席に誘《いざな》った。

そこには、横並びで二人分の箸《はし》がセッティングされている。

席に着いた淡海は、ますます怪訝《けげん》そうに辺りを見回した。

「今日は、もうひとりゲストが来るのかい？」

「さようでございます。今しばらくお待ちくださいませ」

ロイドのそつのない笑顔に、むしろ微《かす》かに不気味なものを感じたのか、淡海はどことなく居心地が悪そうに身じろぎした。

「どうも、これはミステリーディナーだね。突然のお招きの理由もよくわからないし、五十嵐君がいない理由もわからないし、もう一人のゲストが誰かもわからない。想像はするけれど……」

「おや、どなただとお思いですか？」

「たとえば……五十嵐君の朗読の師匠の倉持悠子さん、あるいは、『シェ・ストラトス』のマスター、砂山悟さん……とか？　それなら、五十嵐君が迎えに行っている、という仮説が成り立つんだけど」

「残念ながら、どっちもハズレですわ」

煎《い》れたてのほうじ茶を大ぶりの湯呑《ゆの》みに注いで、夏神はカウンター越しに淡海の前に置いた。そして、隣の席にも。

「ハズレか。じゃあ……誰だろうね。うーん、マスターがこんな謎めいた夕食会を企画するなんて、意外だな。こうなったら、作家の想像力を本格的に羽ばたかせようか。たとえば、五十嵐君は今、ディナーに使う魚を釣りに出掛けて、まだ戻っていない」

どうだいと笑顔で問われ、この手の軽妙なやり取りがどうにも苦手な夏神は、店の営業中と同様、頭をスッポリ覆ったバンダナに手をやった。

「確かに、魚をお出しするんですけど、それはもう切り身になってますわ」

「おや、また外れた」

「イガも、出掛けてはおらんのです。魚釣りより骨が折れる仕事の準備中で」

淡海はますます不思議そうに、盛んに首を捻《ひね》った。

「二階で、かい？」

「そうです」

「魚釣りより骨が折れる仕事……。うーん、参った。想像もつかないよ。降参するから、もっと情報をくれないかい？」

淡海が白旗を振る仕草をしてみせると、夏神は、ポーカーフェイスでいようと明らかに頑張り過ぎて、むしろ怒ったような顔で答えた。

「俺も、こういう演出っぽいもんは苦手なんですけど、まあ……その、ひとつめ。もうひとりのゲストは、淡海先生がよう知っとるお方です」

「僕がよく知っている人。ふむ……」

「ふたつめ。お出しする料理も、淡海先生が召し上がったことのあるもんです」

重々しい口調で提供された二つのヒントに、淡海は腕組みして考え込む。

「ますますお手上げだ。意外な趣向過ぎて、面白いけれど困惑するなあ」

「すんません。不慣れなもんで」

そう言うと、夏神はロイドに小さな手振りで合図をした。

「かしこまりました。では、淡海先生、今宵《こよい》の宴《うたげ》を始めさせていただきます」

「えっ？　ちょっと待って、でもまだもうひとりのゲストが」

「もう、お見えでございます」

そう言うなり、ロイドは突然、店の灯《あか》りを消した。

「うわっ!?」

いつも飄々《ひょうひょう》としている淡海も、この演出にはさすがに驚いて軽く腰を浮かせる。

表の引き戸から街灯の光が少し漏れているので、店内は真っ暗ではない。それでも、突然の暗転に驚く淡海の目に映ったのは、小さな灯りを手に、階段を下りてくる海里の姿だった。

黒いタートルネックにブラックジーンズという黒ずくめの服装の海里が持っている灯りは、ガラス製のキャンドルホルダーに、平べったいティーキャンドルを収めたものだ。

ロウソクのささやかな光が、ゆらゆらと穏やかに揺れ、階段や壁に海里の影を作る。

「これは……また。何ともロマンチックだな。この店で、キャンドルサービスを受けるなんて、想像もしなかったよ」

淡海はそう言いながら、もう一度席に腰を落ち着けた。たとえ小さくても光があることで、気持ちが少し落ち着いたのだろう。

とはいえ、喋《しゃべ》る声は上擦っているし、ロウソクの炎にぼんやり照らされた顔には、

驚きと共に警戒の色が生まれている。

「それに、ロイドさんはもうひとりのゲストが来ていると言ったけれど、まだ姿を現さないじゃないか。また、二階からキャンドルを持って登場するんじゃないだろうね？」

得体の知れない不安を紛らわせるように軽口を叩《たた》く淡海に、何故か三人とも応《こた》えない。ますます居心地が悪そうに店内を見回す淡海をよそに、海里は無言のまま、カウンター越しに淡海と向かい合った。

カウンターの上に置かれたキャンドルホルダーの中で、小さな炎は優しく燃え続ける。

「あるところに、物語を創るのが上手な男がおりました」

海里は、淡海に挨拶《あいさつ》もせず、にこりともせず、いきなりこう言った。

「！」

淡海は、小さく息を呑《の》んだが、何も言わなかった。

海里の声は、いつもの喋り口調とはまったく違っている。

緊張のせいもあるのだろうが、その声は、やけに無機質で、乾いていた。

「物語を創ることは上手でしたが、他のことは全部苦手な男でした。バリバリ働くことも、運動することも、友達を作ることも、楽しくお喋りすることも苦手でした。成

績はいつも優秀でしたが、それは、人一倍の努力のたまもの。決して、得意だったわけではありません」

不安と警戒と驚きに満ちていた淡海の顔に、いささかの不快という表情が交じり始める。

海里が原稿を見ることなく暗唱を始めたことに気付いた上、どう考えても、彼が語る「男」が、自分であることに気付いたからだ。

いきなり貶《けな》された不愉快な気持ちを言葉で表す代わりに、淡海は背もたれに目いっぱい身体を預け、長い脚をぞんざいに組んでみせる。

だが海里は、お構いなしに暗唱を続けた。

「男には、年の離れた妹がおりました。可愛い、明るい、小さな野の花のような妹です。男は、この子に何でもしてやりたいと思いました。しかし、男にできることはただひとつ、素敵な物語を創り、話して聞かせることだけです。それでも妹は、いつも大喜びで男の話に耳を傾け、続きをせがんでくれました」

「…………」

すっかり現れなくなった、声も聞かせてくれなくなった妹の話を持ち出され、淡海は無言のまま立ち上がろうとする。だが、背後からその肩にそっと手を置いたのは、いつの間にか近づいてきていたロイドだった。

「今しばらく」

耳元で囁《ささや》かれ、淡海は渋々座り直す。

「男がただひとり信じられるのが、妹でした。ただひとり、心を開いて何でも話せるのが、妹でした。それなのに、妹はある日突然、命を落としました。男の悲しみは、嘆きは、いかばかりだったでしょう。でもそれは、死んでしまった妹も同じだったのです。男のことが心配で、どうしてもひとりぼっちで置いていきたくなくて、妹は魂だけになっても、男にそっと寄り添っていました」

海里の声が、徐々に感情を帯びていく。それはまさに体温と表現したいような、じんわりとしたぬくもりのある声音だった。

「あるとき男は、妹の魂が傍らにあることに気付きます。男は妹を身の内に招き入れ、自分の身体の中で、共に生きていこうと誘いました。こうして、二人は一つの身体を分かち合い、仲良く暮らし始めました。それはとても楽しく、温かく、幸せな暮らしでした。……ところがあるとき、男の中から、突然、妹の気配が消えてしまいました」

「！」

淡海の薄い肩が、傍目《はため》にも明らかに震える。厨房《ちゅうぼう》の中で、物音を立てないように作業を続けていた夏神は、痛ましげにそんな淡海を見やった。ロイドは、相変わらず、淡海の左肩に片手を置いたままでいる。

海里はひとつ深い息をして心を整え、目を閉じて再び口を開いた。

「男は、妹を誰よりも愛し、誰よりも信頼し……そして、妹だけは、絶対に自分から離れないと信じていました。魂だけになっても寄り添ってくれた妹が、自分を見限ることなどありはしない。自分が何をしてもわかってくれる。そう信じ込んでいたのです」

「……めてくれ」

淡海の唇から、微《かす》かな声が発せられる。だが海里は、それが聞こえていないかのように、暗唱を続けた。その声が、今度はだんだん冷えていく。

「妹が消えたとき、男は悔やみました。もっと、妹の話を聞いてやればよかった。もっと、妹に優しくしてやればよかった。もっと、妹を理解してやれば」

「やめてくれ！」

今度こそ、淡海は凄《すさ》まじい勢いで立ち上がった。背の高い椅子が、けたたましい音を立てて倒れる。ロイドも、さすがに驚いて一歩下がった。

海里はつらそうに唇を引き結ぶ。

「これは、あの映画の件の仕返しなのか？　だとしたら僕は、甘んじて受けるべきなのかもしれない。けれど、妹のことは……純佳のことだけは！」

淡海は声を荒らげ、海里に抗議しようとする。

だがそんな彼を驚愕《きょうがく》させたのは、すぐ横から、海里のものではない声が聞こえたことだった。

『でも、男は勘違いしていたのです』

いつの間にか淡海の隣の席に座っていたのは、言うまでもなく、純佳の幽霊だった。今夜も緑色のお気に入りのジャージを着て、髪を高い位置でポニーテールにキリリとまとめ……そして、悲しい瞳《ひとみ》で兄を見つめている。

「純佳……純佳！　お前、消えてしまったとばかり。いったいどこにいたんだ！」

淡海の顔は、ロウソクのかすかな光でもわかるほど、蒼白《そうはく》になっていた。荒れ狂う感情をどこにぶつければいいのかすっかりわからなくなった彼は、ロイドが立て直した椅子に、どすんと落ちるように腰を下ろす。

続きをどうぞというように、純佳は海里を見る。海里は小さく頷《うなず》き、腹に力を入れて声を出した。

「妹は、男が自分だけを見ていることが、自分だけを大切にしていることが、怖かったのです。男は、妹がいればそれだけでよいと思っていました。妹が傍にいてくれれば、世界などどうなってもよいと思っていました。妹は、死んでしまった自分が、生きている男を世界から引き剝《は》がしてしまうことを、とても恐れていました。……だから、姿を消したのです」

淡海の喉《のど》から、ひりついた声にならない声が出た。それは、驚きだったのか、あるいは悲しみだったのか、自己嫌悪だったのか。

『さようならを言いに来たの。黙って消えるつもりだったけど、ちゃんとお別れをしたほうがいいって、この人たちが』

純佳は静かにそう言い、海里とロイドを見て微笑んだ。妹の視線を血走った目で追った淡海は、呆然《ぼうぜん》と首を振る。

「純佳、お前、そんなことを考えて……。でも、僕は」

「これが、本日のお料理です」

淡海が何か言いかけたのを遮って、闇の中からぬっと現れた夏神が、淡海の前に皿を置いた。そして、純佳の前にも。

「……これは」

淡海は、怪《け》訝《げん》そうに皿の上に載せられたものを見下ろした。

それは、細長く整えられた、アルミホイルの包みだった。夏神は、カウンター越しにホロリと笑ってこう言った。

「この料理やったおかげで、前もって仕込んでおけて、暗い中でも焼くだけやったからご用意できました。……鮭の包み焼き、淡海五朗先生のレシピでお作り致しました」

洋食屋で修業していた頃の口調で厳かに述べて、夏神は一歩退く。

淡海は、驚いた顔で包みと夏神の顔を交互に見た。

「僕のレシピ？　鮭の包み焼き……あっ」

淡海がハッとするのと、純佳が嬉《うれ》しそうに笑うのは同時だった。

『お兄ちゃん、思い出した？』

淡海の肉付きの薄い顎《あご》が、ゆっくりと上下する。

「思い出した。これは、お前が僕の胸の内で息づいてくれるようになったとき、僕が見よう見まねで作った料理だ」

純佳も笑顔で頷く。

『そう。昔みたいに、お兄ちゃんが作った料理が食べたい。お魚料理はまだ食べたことがない。そう言ったら、ネットで一生懸命レシピを探して、これなら作れる気がするって、半日がかりで頑張ってくれた』

「食材を揃え損ねて、三回も買い物に行った。材料をホイルで包んで、トースターで焼くだけだと思っていたけれど、包んだばかりに中の様子がわからなくて、干物みたいになるまで焼いてしまって、また買い物に行き直して……。小説を書くより百倍大変だったけれど、お前と二人、とても楽しかった」

『楽しかったね。美味《おい》しかったね。……最後に、もう一度これを食べたかったんだ』

そう言って、純佳は兄の顔を見た。

『お兄ちゃん、包みを開けようとしてあちちってちょっと指を火傷《やけど》して、私もそれ言いたい、熱いのを感じたいって言ったら……』

「お前にそんな思いをさせられるか」

『そう、そう言った』

「今日もだよ」

泣き出しそうに痩《や》せた顔を歪《ゆが》めつつも、淡海はどうにか微笑みを作り、手を伸ばして、妹のホイル包みを慎重に開いた。

『熱い？』

「熱い。でも、僕と違って、包み方がとても上手だ」

そう言う声は、もういつもの淡海の穏やかさを取り戻している。

包みを開くと、ほわっと暗がりで湯気が立ち上り、鮭と野菜が蒸し煮にされた豊かな香りが鼻をくすぐる。

『ああ、この匂い。覚えてる』

「僕も思い出した」

次いで自分の包みも開いた淡海は、高い鼻を皿に近づけ、深く息を吸った。それから箸《はし》を取り、火が通って淡いサーモンピンクになった鮭の切り身を、そっとどけてみ

る。

「闇に目が慣れたおかげで、見えるよ。この料理のレシピは、純佳が？」

少女は得意げに頷いた。

『私が五十嵐さんに教えたの。ちゃんと覚えてたよ。お兄ちゃんがあんなに苦労して作ってくれたんだもん。忘れないよ』

淡海は、懐かしそうに包みの中身を確認した。

「僕も覚えている。いちばん下にタマネギ、その上にスライスしたジャガイモ、その上に生鮭。鮭に塩胡椒《しおこしょう》したら、サイドに人参、上にしめじとえのき、レモンスライス、最後にてっぺんにバター」

立て板に水の勢いで食材をリストアップする淡海に、夏神もようやくいつもの不敵な笑顔になった。

「そうです。えらい盛りだくさんの包み焼きでしたわ」

「だから、材料を買い忘れまくったんだよ。レモンとかが、すこっと頭から抜けるんだよね」

苦笑いでそう言った淡海は、「いただきます」と、夏神に頭を下げた。

「仕上げに、こちら……でしたね」

夏神はカウンター越しに太い腕を伸ばし、二人の包みの中にパラリと細葱《ねぎ》を刻んだ

ものを振りかけた。次いで、「お好みで」とポン酢のボトルを二人の間に置く。

「そんなところまで再現してくれたんですか」

「純佳さんからイガが聞いたとおりに、全部やりました」

夏神は、二人のリアクションにワクワクと心配が入り交じるようで、何とも複雑な顔つきで待っている。

「あの日と同じく、まずはそのまま」

淡海はそう言って、鮭と茸《きのこ》を一緒に口に運んだ。純佳も、恐る恐る箸に手を伸ばす。

『持てた！』

嬉しそうに箸を持った彼女は、ロイドのほうを振り返った。

『また、手伝ってくれてるんですね』

「少し、場を整えているだけでございますよ。さ、召し上がれ」

いわゆる付喪《つくも》神《がみ》であるロイドは、もはや魂だけの存在の純佳に、物を触ったり食べたりすることが可能になるよう、海里や夏神にはわからない方法でサポートしているらしい。

『美味しそう。いただきます』

嬉しそうに鮭を味わった純佳は、ほうっと溜《た》め息《いき》をついた。

『ちょうどいい。美味しい』

　一方の淡海は、「僕はもうひと味ほしいかな。これもあの日と同じだな。夏神さんの再現力には脱帽ですよ」と言い、鮭の上からさっとポン酢をかける。

　そんな兄の行動を見ていた純佳は、静かにこう言った。

『あの日は、お兄ちゃんが感じた美味しさを、私も分かち合ったね。あの日も、私はそのままで美味しいって言ったのに、お兄ちゃんはこれじゃ味が足りないってポン酢をかけた。それも美味しかったけど……』

「……うん」

『やっぱり、私たちは別々の人間なんだよ。私は、このまま食べたい。お兄ちゃんは、ポン酢をかけたい』

　すると淡海は、慌てた様子でこう力説した。

「そんなことは、僕が歩み寄ればいいことだ！　お前がそんなことでストレスを溜めていたなら、僕はお前に合わせて……」

『歩み寄ってほしくないの！』

　純佳は箸を置き、初めて厳しい声を出した。淡海はビクッとして軽く身を引く。

『お兄ちゃんは、お兄ちゃんの人生を生きて。私のために生きるんじゃなく、私に基準を合わせるんじゃなく、私に甘えるんじゃなく、お兄ちゃんは、お兄ちゃん自身のために生きて』

「純佳……」

呆然《ぼうぜん》とする淡海に、純佳はうっすら涙ぐんで声を和らげた。

『本当はなかったはずの思い出が、いっぱいできた。色んなことを共有して、一緒に経験して、楽しかったよ。この先つらいことがあっても、思い出して元気になれる記憶がいっぱいあるでしょ』

「でも、僕はずっとお前と生きるつもりで」

『それじゃ、お兄ちゃんはこの世界から離れちゃう。生きてるのに、幽霊の世界に来ちゃう。そんなの、ダメ。だから、さよならする。もう決めたの。ただ最後に、お兄ちゃんにお別れを言って、包み焼きをもう一度食べたかった』

そう言って純佳はもう一口、今度は鮭と、その下に敷かれた薄切りのジャガイモを頬張り、美味しいとニッコリした。

そんな妹を、魂が抜けたような顔で見ていた淡海は、やがて、上半身からすべて空気が抜けてしぼんでしまうのではないかと思うような、長くて深い溜め息をついた。

「お前と一緒にいられるなら、死者の世界へ喜んで行く。そう言いたいのに」

『……お兄ちゃん』

「そう言いたいのに、僕の胸には、書きたい小説がまだまだあるんだ。出番を待っているキャラクターたちがいる。行く末を見届けたい、原作を書いたドラマがある。映

画化される予定の小説もある」

『……うん』

「僕はまだ、死者の世界へは行けないようだ」

『よかった』

純佳は、カラリと笑った。

『早く決断できてよかった。お兄ちゃんは、まだちゃんとこの世の人なんだ。私、安心して消えられるよ』

すると淡海は、突然真摯《しんし》な眼差《まなざ》しで、妹の顔を覗《のぞ》き込んだ。

「ときに実際、死後の世界はどうなっているんだい？　お前は消えて、この先どうなるんだ？」

純佳の目が、驚きでまん丸になる。

『わかんないよ、そんなの』

だが、淡海は鋭く食い下がった。

「だってお前は実際にもう死者じゃないか。わかるだろう」

そんな駄々っ子のような兄に、純佳は呆《あき》れ顔で問い返す。

『じゃあお兄ちゃんは、この世に生まれて、この世界のことが全部わかる？』

「そ、それは」

『同じだよ。私だって、死んだからって、死後の世界のことなんて、全然わかんない。お兄ちゃんと別れていったいどこに行くのか、ただ消えちゃうのか、誰かに生まれ変わるのか……そんなの、やってみないとわかんない』

「……それでは心配だよ。あと何とかして、お前のほうから『今こうなってます』とか知らせてくる手段はないのかな。ああいや、これは兄として妹の行く末を純粋に案じているのであって、決して好奇心では」

「ありますよね」

　我慢できなかった海里がツッコミを入れると、淡海はうっすら顔を赤らめ、頭を掻《か》く。

「消費税分くらいは、あるかな」

「結構あるじゃないですか！　ああでも、俺も安心しました。淡海先生は、ちゃんとこの世に執着がある人だ」

　純佳も、笑顔で頷《うなず》く。

『私、思い切れてよかった。五十嵐さんとロイドさんに言われたみたいに、最後にお兄ちゃんにお別れが言えてよかった』

「純佳……」

『お兄ちゃんは絶対私のことを忘れないけど、でも、私がいなくなって心に空いた穴

は、ちょっとずつ色んなことで埋まっていくよ。妹だから、わかる！』

「埋めても、いいのだろうか」

『いいんだよ。お兄ちゃんは、この世で好きなことをいっぱいして、長生きして、うんと楽しく生きて。もし、死んだ人の世界があるなら、お兄ちゃんが死んだら、また迎えに来る。きっとそのときには、お互い、いっぱい喋《しゃべ》ることがあるね』

「……そうだね。お前に話して聞かせられる物語を、もっとたくさん作っておくよ」

　純佳は晴れ晴れとした笑顔で頷き、席を立った。

　淡海も立ち上がり、少しずつ薄らいでいく妹に、恥ずかしそうに右手を差し出した。

「迎えを、楽しみに待っているよ。それまで」

　純佳も、兄の手を柔らかく握る。

『うん。またね、お兄ちゃん。でも、ずーっと先の、またね』

　その言葉が終わるか終わらないかのうちに、少女のすらりとした姿は、闇の中に消えていった。

　あとには、食べかけの包み焼きと、それを照らすキャンドルの光と、三人の男と、眼鏡が残される。

「今度こそ本当に、行ってしまったんだねえ」

　淡海は突っ立ったまま、薄い胸に手を当てた。

「先生……。大丈夫ですか？」

　おずおずと問いかけた海里に、淡海は寂しそうに、しかしどこか吹っ切れた笑みを浮かべて答えた。

「大丈夫じゃないよ。胸に大穴が空いた」

「そ、それは」

「この穴を埋めようと思ったら、うんと長く生きて、生涯現役で大活躍しなきゃいけないじゃないか。でないと、死者の世界で会ったとき、純佳に叱られてしまう」

「淡海先生……」

　大きなショックを受け、傷を負いながらも、淡海は妹との別れを理解し、受け入れている。彼の声には、弱々しくも、どこか明るい響きがあった。

「それにしても、よく僕の素人料理をこんなに忠実に再現してくれたものだ。とても美味《おい》しいよ、マスター」

　そんな賛辞を贈られて、夏神は複雑な面持ちで礼を言う。

「言うても、教えてもろた食材を集めて、合わせて、トースターで焼いただけですわ」

「その焼き加減がいいんじゃないかな。今回も、実際に僕が作ったのより、四十％は美味しくなっている気がする。……でも、ありがとう。五十嵐君も、ロイドさんも」

　淡海は、さっきまで妹が座っていた座席を見つめて、静かにこう言った。

「今夜のことは、妹とのとびきりの、そして最後の思い出だ。それを共有してくれる人がいるって事実が、僕はとても嬉《うれ》しい」

そして淡海は、カウンターの向こうにいる海里に、さっき妹にしたように手を差し出した。

「プロ再デビュー前なのに、素晴らしい朗読、もとい暗唱だった。僕は、少しは君の役に立てたのかな」

海里は言葉で答える代わりに、感謝の想いを込めて、淡海の骨張った手をギュッと握る。淡海と笑みを交わしながら、海里は、心にずっと刺さったままだった小さな棘《とげ》が、スルリと抜けていくのを感じていた……。


淡海が店を去ったあと、茶の間で予備の「鮭の包み焼き」とそれぞれ好みの飲み物でお疲れ様の乾杯をしてから、夏神は茶の間で胡座《あぐら》をかいて、海里に訊《たず》ねた。

「あれは、打ち合わせ済みやったんか？」

ちゃぶ台で旨《うま》そうに包み焼きをつついていた海里は、キョトンとして視線を上げる。

「あれって、どれ？」

「お前の暗唱や。淡海先生がキレて暗唱が止まったとき、一言だけ妹が言うたやろ。『でも、男は勘違いしていたのです』て。あれ、前もって打ち合わせしとったんか？」

　すると海里は、「そんなわけないじゃん」と即答した。

「アドリブだよ、あれ。完全に純佳さんのアドリブ。上手《うま》く続きがはまったから、ラッキーだった」

　それを聞いて、夏神は驚いた顔をした。

「ホンマか。なんや、あの一言でビシーッと全部が締まった感じがしたで。こう、静かな水面《みなも》を、平手でバシーンと叩《たた》くみたいな、凜《りん》とした声やった」

「……そうなんだよなあああ！」

　夏神の感想に、海里は悔しそうに声を上げ、ちゃぶ台に箸《はし》を乱暴に置いた。

「淡海先生は俺の暗唱を褒めてくれたけど、あれ、いちばんよかったのは、純佳さんのアドリブの一声なんだよ。わかってんだ。俺だけじゃなくて、たぶん淡海先生もわかってんだよ。だから、時間が経つにつれて、悔しさがメラメラ湧いてきた」

　そう言って、バタンと後ろに倒れ、畳の上で大の字になった海里を、ロイドはそっと慰める。

「たとえ才能がなくても、たゆまぬ努力でそれなりの花が開く。それが、人間のよきところでございましょう？」

「それなりの、ってのは余計だけど、自分に足りないものがまだまだいっぱいあるのはわかってる。頑張るよ。……けど、今夜、俺は自分にできるベストを尽くした。そ

れだけは、誇りに思いたい」

　それでいいと言うように、夏神はもう一度、海里に拳《こぶし》を突き出す。むっくり起き上がった海里と、いそいそと寄って来たロイドは、共に拳を合わせ、笑顔で二度目の「乾杯」をしたのだった……。

窓を半分ほど開けると、ふわっと吹き込んできた秋の風はほどよき涼しさで、ほのかにカラメルの香りがする……ような、気がする。

だがそれは、紅葉とカラメルの色が同系列であるところから呼び起こされた空想の産物なのかもしれない。

（どこまでも食い物のことばっか考えてるな、俺。食欲の秋すぎる）

自分の発想が何やら滑稽《こっけい》で、海里は布団に寝そべってクスリと笑った。

芸能人時代、海里はずっと、厳しい体重管理を課せられていた。いや、自発的に身体を追い込んでいたというべきか。

ミュージカル俳優時代は、自分が演じる人物に一歩でも近づくべく、原作マンガのキャラクターの極端なボディラインを目指して、かなりハードなトレーニングを積んだ。

来る日も来る日もゆで卵と鶏《とり》のむね肉とブロッコリーばかりを食べ続けた頃のこと

を思い出すと、ニワトリたちには申し訳ないが、今でも食欲がゲッソリ失《う》せる気がするほどだ。

それ以降の芸能生活においても、やはり「情報番組でカロリーが高そうな料理やスイーツを毎朝作って食べているくせに、スリムでかっこいい」という、皆の願望を体現する人物であり続けるため、一日の摂取カロリーをかなり抑えていた。

人前では、「何でも気にせず好きなものを食べる」と豪語して、わざと甘いものやジャンクフードを無頓着《むとんちゃく》に頬張ってみせ、かたや自宅の冷蔵庫には、水と納豆と豆腐といりこ、それにキャベツとエナジードリンクしか入っていないという寂しい日々だった。

栄養素が不足したり偏ったりしがちで肌荒れや胃腸の不調が続き、当時の海里はサプリメントが手放せなかった。

タレント仲間に「あれがいいよ」と言われたサプリメントを片っ端から買い揃え、毎朝毎夜、手のひらに小さな山を作るほど様々な種類の錠剤やカプセルを食べるように摂取していた日々のことは、幸い、もう遠い記憶になっている。

今は、定食屋の仕事で身体を動かしているおかげで、たまに夏神につきあい、芦屋川の河川敷を早朝ランニングする程度で、体形はそう悪くない感じにキープできている。

芸能人時代に着ていた服、特にシャツの肩や腕周りが少しだけ窮屈になったのは、おそらく力仕事で筋肉が増量したせいだろう。

まかないでバランスよく食べるおかげで、芸能人時代のように熱心に手入れしていないにもかかわらず、肌のコンディションは上々だ。

倉持悠子の弟子になり、本格的に朗読のレッスンを受けるようになってからは、レッスンでは勿論《もちろん》、日々の暮らしにもストレッチを取り入れるようになったので、ますます身体の調子がいい。

ミュージカルをやっていた頃のような「仕上がった身体」ではないし、タレント時代のようにエステやヘアサロン、それにジム通いで自分に磨きをかけるような暇はないし、夏神のような筋骨隆々の肉体美にもほど遠い。

それでも実用的な筋肉が全身に無駄なくつき、それをしなやかに使えるようになりつつあることに、海里自身は満足している。

今、唯一の生活面での悪癖といえば、早朝に店の営業を終えて入浴したあと、一般人における「晩酌」を、寝る前に少々たしなんでしまうことだろうか。

「まあ、今はもう一般人だし。晩酌は、心の栄養だし」

そんな独り言で弁解を述べつつ、海里は自室の敷きっぱなしの布団の上でごろんと寝返りを打ち、うつ伏せになった。

枕元の小さな紙箱から、これまた小さなチョコレートを摘《つ》まんで口に放り込む。

「こうして、日曜日のおやつに生チョコ食っても罪悪感で死にたくならないのは、ホント精神衛生上、健やかだよなあ」

そんな海里の言葉に応じたのは、枕と壁の間に据えたスタンド……いや、そこに掛けられたセルロイド製の古びた眼鏡だった。

『ですが、一般人であろうと、食べ過ぎは禁物でございますよ』

「まだ三つ目だよ。つか、お前はいいの？」

いつもなら、海里が何か食べようとすると、お相伴にあずかろうと即座に人間の姿になって登場するロイドが、今は何故か眼鏡のままでいる。

『頂戴《ちょうだい》しとうございますが、海里様が何やら物思いに耽《ふけ》っておいでのようでしたので、お邪魔をせぬようにと』

そんな分別臭い言葉を聞いて、海里は片手で布団をぱしぱしと叩いた。

「そんな余計な配慮、しなくていいって。考えごとは確かにしてたけど、そう大したことじゃねえよ」

『さようでございますか？　ではお言葉に甘えまして』

最後まで言ったか言わないかのうちに、いつものロイドが人間の姿でぴょこんと姿を現し、海里の布団の隅のほうに膝《ひざ》を抱えて座る。

「ほい」

「頂戴いたします！」

海里が差し出した紙箱から銀紙の個包装を一つ取ったロイドは、早速封を切り、小さなサイコロ状にカットされた生チョコレートを指先で大事そうに摘まみ出して口に入れた。

しばらく口をもごもごさせていた彼は、淡い茶色の草食動物を思わせる目を細め、うっとりした口調で言った。

「これはなんとも、芳醇《ほうじゅん》な味わいのお菓子でございますねえ。生チョコレートというのは、チョコレートよりやわらかく、まろやかにとろけるものなのですか」

「生チョコってのはたぶん、チョコレートに生クリームを練り込んであるんじゃね？だから、とろんとしてまったりして、高カロリー」

「おお、なるほど。わたしは眼鏡でようございました。セルロイドに太る才能はございませんからね」

ロイドは涼しい顔でそう言って、「もう一つ」と手を伸ばす。

「この瞬間、お前は全世界のダイエット中の人類を敵に回したぞ」

海里はそう言って箱をロイドから遠ざけようとしたが、ロイドは膝立ちになって強引に箱の中に手を突っ込み、今度は二ついっぺんに確保して、満足げに体育座りに戻

った。

「これは確かに、やめられませんね。このような美味《おい》しいものがコンビニで買えるとは。よい時代になったものです」

「確かに。生チョコって、夏の間はこのこってり感がピンと来なくて敬遠しちゃうけど、秋と冬には妙に食べたくなるんだよな」

不思議そうにそんなことを言う海里に、ロイドは二つ目のチョコレートを楽しみながら見解を述べた。

「この口溶け、舌触り、まさにベルベットを撫《な》でたときのようでございます。ベルベットといえば、冬の服。海里様が、寒い季節に欲するのは当然かと」

「そんな理由かよ。マジで？」

海里は四つ目のチョコレートを口に入れ、「でも、さすがにもういいや。リッチな味だからな」と言って起き上がった。

「さっきは、純佳さんのことを思い出してたんだ。そこから、『花束をめぐる諍《いさか》い』のことも考えてた」

それを聞いて、ロイドは少し心配そうな顔になった。

「それでは、やはりわたしがお邪魔をしてしまったのでは？」

だが海里はあっさりとそれを否定した。

「大したことじゃないからいい。ただ、考えてたんだ。人間、まったく意味のない行動をすることは、あんまりないなあって。反射的に身体が動くとかは、勿論あるんだけど」

「それはそうでございましょうね」

「だろ？　淡海先生が俺になかなか酷《ひど》いことしたのには、理由っていうか、バックグラウンドがあった。純佳さんが突然気配を消したのにも、ちゃんと理由があった。その理由が納得いくものであってもなくても、行動が受け入れられるものであってもなくても、そんなのどうでもいい、だって事実としてそうなんだからって考えてたんだよ」

「それは……ヤケを起こされたということですか？」

探るように問いかけてくるロイドに、海里はきっぱりと首を横に振った。

「そうじゃない。あの、『花束をめぐる諍い』の『夫』のこと、俺、嫌いなままで受け入れてみようと思えてきたんだ」

「嫌いなままで、受け入れる？　そのようなこと、可能でしょうか」

首を傾げるロイドに、海里は可能だと断言することはせず、ぽつりぽつりと言葉を吐き出した。

「役柄を強引に理解しようとすることも、無理して好きになろうとすることも、無理

矢理に自分に寄せたり、自分が寄せていったりしようとすることも、結局できないんだよ。そこは俺の性格。だから、そういう人なんだ、ってスタンスで、ちょっと引いて付き合ってみようと思う。そうしたら、こいつもしかして……っていう別の面が見えてきて、演技に少しくらいは深みが出るかもしれない」

　ロイドは、あっという間に最後になってしまったチョコレートを惜しそうに頬張り、考え考え言葉を発した。

「つまり、これまでは、海里様はご自分の演じるキャラクターに闇雲に近づこうとなさっていた。それをいったん、距離をとって見つめてみようとなさっているのですね」

「俺より上手に要約するのはやめてほしいんだけど、でもそういうことだと思う。離れて初めて見えてくるものもあるだろうし」

「ふむ。ではいっそ、離れるなら対極まで行ってみられては？」

「対極？」

「あの朗読劇の場合は、『妻』でしょうか。あるいは、もうひとりの女性。彼女たちの立ち位置から見る『夫』の姿を深く追ってみるというのは？　それで見えてくるものも多かろうと推察致しますが」

　そんなロイドの提案に、海里は再び布団に倒れ込んだ。

「くっそ、それだ！　何でそんなに簡単に、ナイスアイデアが出ちゃうわけ？　真剣

に悩んでやっとここまでたどり着いた俺が、すげえ馬鹿みたいだろ。ああ、そうだ。『妻』は倉持さんの守備範囲だからって、任せっきりにしてた。そこだよ。あああ、なんでここまで延々と悩んで、自分でそのアイデアが出せなかったかな」

　するとロイドは、やれやれといった顔つきで、こう言った。

「部外者だからこそ、遠すぎて見えるものがあるのでしょう。確かにわたしは叡智《えいち》を寄せて固めたような眼鏡でございますが、それはそれ」

「それはそれ、じゃないっつの。ああ、悔しい」

　幾度か悔しいを連発した海里は、「けど、ありがとな」と素直に感謝の言葉を口にして、弾みをつけて起き上がった。

「方針が決まれば、さっそく読み直しだ。誰も聞いてないと寂しいから、ちょっと付き合え」

　ロイドは笑顔で頷《うなず》く。

「よろしゅうございますとも。喜んで聴衆になりましょう。ときに、感想は甘口、辛口、どちらがお好みですか？」

　外見の柔和さ、言葉遣いの丁寧さに誤魔化されがちだが、ロイドには意外と舌鋒《ぜっぽう》鋭いところがある。

　海里は三秒考えてから、「中辛、温玉つきくらいの感じでよろしく」と、実に優柔

不断、かつ、やはり食べ物になぞらえた返事をした。

「ばんめし屋」の食欲の秋は、まだまだ続きそうである。

❹フライパンに油を大さじ1〜2くらい引いて、肉を中火で焼いていこう。はちみつのせいで焦げやすいので、強火には絶対しないように気をつけて！　焼いているあいだに、ゆったりした気持ちで大根をおろそう。慌ててやると、大根おろしがからくなっちゃうかも。
❺肉を皿に取り、お好みの程度に水気を切った大根おろしをたっぷり載っけて、ポン酢、または醬油を添えて召し上がれ！
❻なお、余力があるときには、大根おろしにかけるソースをささっと作るのもお勧め。難しいことは何もなくて、肉を焼いたフライパンの余分な油をペーパータオルで吸い取って捨て、そこに、

酒または水　大さじ3
醬油　大さじ3
みりん　大さじ1

を入れて、木べらでフライパンの側面や底をこそげながら、だいたい半量になるまでグラグラ煮詰めればOK。大根おろしの上からたっぷりかけて。
塩分が気になる人は、下味をつけるときに肉に振るのは胡椒だけでいいよ。

干し柿と大根のなます

★材料（作りやすい量）

干し柿　2個
小さめなら3個。そのまま食べるのは今イチな残念な干し柿でも、この料理では十分に輝ける！

大根　1/2本

人参　1/2本
もし金時人参が手に入ったら、そっちを使ってみて。色が濃くて綺麗だし、味もなますに向いている気がするんだよね。その場合は、細いから1本使ってもOK

砂糖　大さじ4

塩　大さじ1/3〜1/2
まずは少なめで。あとから塩味を調節したほうがいいかも

酢　100ml

★作り方

❶大根、人参は皮を剝いて長さ3cmくらいに切り揃えたあと、縦に薄切りにしてから、さらに千切りに。好き好きだけど、俺は、できるだけ細いほうが口当たりがいいと思う。もしスライサーやピーラーがあったら、活用して楽をしちゃおう。
❷ボウルに切った大根と人参を入れて、塩（分量外）小さじ1くらいをまぶしてよく混ぜ、馴染ませて、10〜15分ほど放置。全体がしんなりしてきたら、たっぷりの水を加えて（あるいは流しながら）塩気を十分に洗い流し、両手でギュッと水気を絞っておこう。ここは手加減なしで大丈夫だよ。
❸干し柿は、ヘタと種を取ってから、細く切る。ネチネチして切りにくいときは、まな板の上で包丁で叩いて細かくしてもいいよ。
❹砂糖、塩、酢をボウル（この場合は琺瑯やガラス、樹脂製がお勧め）に入れてよく混ぜて、砂糖と塩を溶かして。そこに、干し柿、大根、人参を入れて、よくあえたら完成。密封容器で保存するときは、もし、余分な水分が出ていたらその都度捨ててね。冷蔵庫でキリッと冷やすと、凄く旨いよ！

どもども、五十嵐です！　今回は、日替わり定食でも豚の生姜焼きに次いで人気の、「豚ロース肉のはちみつ焼き」の作り方を紹介します。思い立ってすぐには作れないんだけど、前の日の夜に仕込んでおけば、翌日の夜にはやわらか〜いポークソテーが楽しめるんで、是非試してくださいね。

もう一品は、夏神さんが今めっちゃ頑張ってる、昔の料理の今風アレンジの中で、俺が大好きな「干し柿と大根のなます」をご紹介！

こいつも簡単でさっぱりした箸休めになるんで、干し柿が手に入ったときに作ってみてください。

イラスト／くにみつ

豚ロース肉のはちみつ焼き

★材料（4人前）

豚ロース肉
（生姜焼き用のスライス）8枚くらい

でも、俺も夏神さんも2枚じゃ満足しないんで、そこは食べる人の食欲次第ってことで！

塩、胡椒、小麦粉　適量

はちみつ　大さじ1〜2

うっかりジャリジャリにしちゃったはちみつでもOK！その場合、塗り広げにくいのでちょっと多めに

水またはお好みで生姜の絞り汁　大さじ1

はちみつの甘ったるさが気になるという人は、生姜の絞り汁で味をピッと引きしめるとなお旨くなるので、使ってみて

油　適量

うちの店は米油。癖のない、加熱に向いている油なら何でもござれ

大根　1/4本程度

大根おろしたっぷりで食べたい人は、好きなだけ増やして

★作り方

❶まず、豚ロース肉の筋切りをしよう。難しく考えなくても、触ってみると、肉と脂身の境目にちょっと固いラインがあるよね。そこにナイフか包丁の先をザクザクとラインと垂直に刺していく感じでいい。あと、分厚めの肉を使うときは特に、肉全体をフォークでグサグサ突き刺しておくと、下味がよく滲みる。

❷肉1枚ずつに、ごく軽く塩胡椒したあと、はちみつと水（または生姜の絞り汁）を混ぜたものを少しずつ、まんべんなく薄ーく塗りつけよう。ベタベタになるけど、手でやるのが手っ取り早い。塗ったはしから肉を重ねていって、ビニール袋やフリーザーバッグに入れて、冷蔵庫に入れておこう。そのとき、空気はできるだけ抜いてね。1時間以上、できれば一晩くらい、そのままにしておくことをお勧めするよ。

❸さて、十分時間をおいた肉を袋から取り出したら、小麦粉をパラパラッと全体に振りかけよう。はちみつの粘り気のせいで、小麦粉をしっかりまぶしてしまうと分厚くつきすぎるから、振りかけるだけでいい。ムラができても、あまり気にしないで。

今回は、デザートも引き続き俺！　というのも、こないだ、「お、使い忘れたわらび粉があったわ」って言うなり、ものの15分ほどで夏神さんがわらび餅を作ってくれて、俺もロイドもビックリしちゃったんだよ〜！　「嘘だろ！」って言っちゃった。マジだった。
鍋で作ると、二の腕を引きしめる運動も兼ねたおやつ作りになること請け合い。一緒に半袖の季節に備えよう！

夏神さんがささっと作ってくれた、激うまわらび餅

★材料（作りやすい量）

わらび粉　50g

いきなり高価な本わらび粉を使う前に、わらび以外の澱粉が主成分の、安価なわらび粉で試してみて。ただ、たとえ少しでも、本わらび粉が配合されているものを選んだほうが旨いよ

水　250〜300ml

砂糖　80〜100g　甘さはお好みで

きな粉　たっぷりめの適量

黒蜜　適量

お好みで！　俺はなしで食べるほうが好きかな

★作り方

❶ボウルにわらび粉と砂糖を入れて、水を少しずつ垂らしながら、よく混ぜて。わらび粉の塊がなくなるように、丹念に。ゴムべらを使うとやりやすいよ。全部綺麗に混ざったら、できるだけ細かいざるで濾して。
❷バット（俺は、23×17cmくらいのを使ってる）にきな粉を敷き詰めておこう。そんなに分厚くしなくても、底が見えない程度で大丈夫。
❸❶で濾した液体を鍋に入れて、中火にかけよう。白濁した液体が、混ぜているうちにだんだん半透明になり、粘ってくる。そうなったら弱火にして、絶対に手を休めず、練り続けよう。全体がほぼ透明になって、練るのが厳しいほどの粘度になったら、❷で用意したバットにあける。
❹熱々のわらび餅の全体にきな粉をまぶしつけて、熱さに耐えつつ、無理しない程度に急いで一口大にちぎっていこう。無理！って人は、スケッパーがあれば、それで切っていってもOK！　スケッパーはそんなに高いもんじゃないし、あるといろいろ便利だからひとつ持っとくといいよ。細かく切った野菜を集めたり、ボウルにこびりついた生地を綺麗に剝がして集めたり、お役立ち間違いないからね。
❺そのまま粗熱が取れたら完成！

※ちょっとひんやり感がほしいときは、食べる前、ほんのしばらく、冷蔵庫で冷やしてもいい。でも、30分以内にしてね。硬くなっちゃうと勿体ないから。
食べるときに、黒蜜をかけたり、物足りなければ、少し砂糖を振りかけたり。
お好みで美味しく召し上がれ。
たまにはやっとくか、ディッシー！

本書は書き下ろしです。
この作品はフィクションです。実在の人物、団体等とは一切関係ありません。

最《さい》後《ご》の晩《ばん》ごはん

初恋《はつこい》と鮭《さけ》の包《つつ》み焼《や》き

椹野道流《ふしのみちる》

令和3年 2月25日　初版発行
令和6年 11月15日　再版発行

発行者●山下直久

発行●株式会社KADOKAWA
〒102-8177　東京都千代田区富士見2-13-3
電話　0570-002-301（ナビダイヤル）

角川文庫 22556

印刷所●株式会社KADOKAWA
製本所●株式会社KADOKAWA

表紙画●和田三造

●お問い合わせ
https://www.kadokawa.co.jp/（「お問い合わせ」へお進みください）
※内容によっては、お答えできない場合があります。
※サポートは日本国内のみとさせていただきます。
※Japanese text only

ISBN 978-4-04-111054-6　C0193

角川文庫発刊に際して

角川源義

第二次世界大戦の敗北は、軍事力の敗北であった以上に、私たちの若い文化力の敗退であった。私たちの文化が戦争に対して如何に無力であり、単なるあだ花に過ぎなかったかを、私たちは身を以て体験し痛感した。西洋近代文化の摂取にとって、明治以後八十年の歳月は決して短かすぎたとは言えない。にもかかわらず、近代文化の伝統を確立し、自由な批判と柔軟な良識に富む文化層として自らを形成することに私たちは失敗して来た。そしてこれは、各層への文化の普及滲透を任務とする出版人の責任でもあった。

一九四五年以来、私たちは再び振出しに戻り、第一歩から踏み出すことを余儀なくされた。これは大きな不幸ではあるが、反面、これまでの混沌・未熟・歪曲の中にあった我が国の文化に秩序と確たる基礎を齎らすためには絶好の機会でもある。角川書店は、このような祖国の文化的危機にあたり、微力をも顧みず再建の礎石たるべき抱負と決意とをもって出発したが、ここに創立以来の念願を果すべく角川文庫を発刊する。これまで刊行されたあらゆる全集叢書文庫類の長所と短所とを検討し、古今東西の不朽の典籍を、良心的編集のもとに、廉価に、そして書架にふさわしい美本として、多くのひとびとに提供しようとする。しかし私たちは徒らに百科全書的な知識のジレッタントを作ることを目的とせず、あくまで祖国の文化に秩序と再建への道を示し、この文庫を角川書店の栄ある事業として、今後永久に継続発展せしめ、学芸と教養との殿堂として大成せんことを期したい。多くの読書子の愛情ある忠言と支持とによって、この希望と抱負とを完遂せしめられんことを願う。

一九四九年五月三日

モンスターと食卓を

椹野道流

うちに帰って、毎日一緒にごはんを食べよう。

神戸の医大に法医学者として勤める杉《すぎ》石《いし》有《なお》には、消えない心の傷がある。ある日、物騒な事件の遺体が運び込まれる。その担当刑事は、有の過去を知る人物だった。落ち込む有に、かつての恩師から連絡が。彼女は有に託したいものがあるという。その「もの」とは、謎めいた美青年のシリカ。無邪気だが時に残酷な顔を見せる彼に、振り回される有だけど……。法医学者と不思議な美青年の、事件と謎に満ちた共同生活、開始！

角川文庫のキャラクター文芸

ISBN 978-4-04-107321-6

モンスターと食卓を２

椹野道流

2人一緒なら、平凡な食卓も特別になる。

神戸の医大で働く法医学者の杉石《すぎいし》有《なお》は、恩師に大切なものとして託された、シリカという美青年と暮らしている。彼は世間知らずで天然で、時に非情な一面も持つ。ところが意外にも、共同生活は心地よいものだった。ある日、有が刑事から、連続殺人が疑われる案件の相談を受け医大に戻ると、シリカが来ていた。しかし低温室に入った彼は、何かにひどく怯え始める。シリカの過去とは？ 事件の行方は……。 ２人の距離が縮まる第２巻！

角川文庫のキャラクター文芸

ISBN 978-4-04-109193-7

ローウェル骨董店の事件簿

椹野道流

骨董屋の兄と検死官の弟が、絆で謎を解き明かす！

第一次世界大戦直後のロンドン。クールな青年医師デリックは、戦地で傷を負って以来、検死官として働くように。骨董店を営む兄のデューイとは、ある事情からすっかり疎遠な状態だ。そんな折、女優を目指す美しい女性が殺された。その手には、小さな貝ボタンが握られていた。幼なじみで童顔の刑事エミールに検死を依頼されたデリックは、成り行きでデューイと協力することになり……。涙の後に笑顔になれる、癒やしの英国ミステリ。

角川文庫のキャラクター文芸

ISBN 978-4-04-103362-3